angel

Yong Sheng de Xin Wu
by Xu Tao

천사

angel

쉬타오 지음 ― 장연 옮김

(주)고려원북스

(주)고려원북스 는 우리들의 가슴속에 영원히 남을
지혜가 넘치는 좋은 책을 만들겠습니다.

천사

초판 1쇄 | 2006년 4월 20일
　　 2쇄 | 2006년 10월11일

지은이 | 쉬타오
펴낸이 | 박건수
펴낸곳 | (주)고려원북스
편집장 | 설응도

판매처 | (주)북스컴, Bookscom., Inc.

출판등록 | 2004년 5월 6일(제16-3336호)
주소 | 서울 광진구 군자동 470-1 한주빌딩 3층
전화번호 | 02-466-1207
팩스번호 | 02-466-1301
홈페이지 | http://www.bookscom.co.kr

값 9,800원

ISBN 89-91264-52-2 03820

저자와의 협의에 의하여 인지는 붙이지 않습니다.
잘못 만들어진 책은 구입처나 본사에서 교환해 드립니다.

오, 마음이여!
만일 무지한 자들이 그대에게 영혼도 육신처럼 멸할 것이라고 말한다면,
꽃은 죽어도 씨앗은 남는다고 대답하라.
이것이 진리이다.

- 칼릴 지브란

"당신은 당신 자신이
세상 그 어떤 꽃보다 아름답다는 사실을
알게 될 것입니다."

나는 '단순히 아는 것'과 완전히 '이해하는 것'은 하늘과 땅 차이라는 사실을 압니다. 한 사람의 마음을 움직이고 나서야 비로소 상대방에게 나의 진심이 있는 그대로 전해질 수 있다는 것도 압니다.

나는 바랍니다.

내가 당신에게 내 방식만을 강요하는 사람이 되지 않기를. 내가 알고 있는 것을 당신도 알아야 한다고 고집 부리지 않기를.

그리고 기도합니다.

이 책이 당신의 마음을 움직이기를.

그래서 당신이 내 진심을 받아들일 수 있기를.

쉬타오許韜

차 례

|

두 눈을 바라보며 진심을 말해보세요.
당신은 더 이상 외롭지 않을 것입니다.

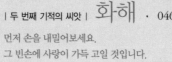

먼저 손을 내밀어보세요.
그 빈손에 사랑이 가득 고일 것입니다.

한 걸음 더 내디뎌보세요. 모든 것은 용감하게
한 발을 내디뎠을 때에만 이룰 수 있습니다.

한 번 더 생각하세요. 지금 당신은 인생에서
가장 중요한 페이지를 채우는 중이니까요.

언제나 가까이에서 지켜보면서도

마음을 건네고 사랑을 표현하는 일에는 인색했습니다.

변함없이 내 곁에서 내 삶을 빛나게 하는 당신,

당신에게 이 이야기를 바칩니다.

고맙습니다.

사랑합니다.

|

어린 소녀와의 만남

지난 주말과 다를 바 없이 흘러가고 있던 어느 평범한 주말 저녁, 나는 서점에서 나와 집으로 향하고 있었다. 막 읽고 나온 책 내용을 되새기며 걷느라 하마터면 맞은편에서 걸어오던 아이와 부딪칠 뻔했다.

예닐곱 살쯤 되었을 법한 어린 여자아이였다. 나는 입속으로만 '미안해'라고 웅얼거리며 재빨리 옆으로 비켜섰다. 가던 길을 서두르려는데, 문득 그 아이가 일부러 길을 막고 서 있다는 느낌이 들었다.

아이의 눈엔 간절함이 그렁그렁 맺혀 있었다. 무슨 일인지는 확실히 알 수 없었지만, 그 눈빛만으로도 난, 아이에게 무척이나 급하고 중요한 일이라는 걸 짐작할 수 있었다.

잠깐 동안 말없이 발치를 내려다보던 아이가 이제 용기가 났다는 듯 나를 올려다보며 물었다.

"아저씨께서 전에 말씀하셨던 천사가 정말 있긴 한가요? 그 천사는 지금 어디에 있죠?"

아! 그렇구나. 그제야 난 아이가 원하는 걸 알 것 같았다.

나는 늘 친구들에게 천사에 대한 이야기를 들려주곤 했다. 내 이야기에 등장하는 그 천사는 우리의 일상에 씨앗처럼 박혀 있는 아름다운 마음과 생각이야말로 '최고의 기적'이라고 말했는데, 그 말이 무척이나 깊은 인상을 남겼던 모양이었다.

나는 그 아이가 친구의 딸이라는 걸 그제야 알 수 있었다. 지난번 친구들과의 저녁식사 모임에서였다. 나는 그때도 어김없이 천사 이야기를 하고 있었는데, 아이도 그 자리에 함께 있었다. 내 이야기에 흠뻑 빠져서는 금방 울어버릴 것만 같은 표정으로 눈동자를 반짝이고 있었다. 난 그 눈빛을 기억해냈던 것이다.

나는 몸을 낮춰 길을 막고 선 아이의 얼굴을 바라보았다. 다행히 내 호주머니 속에 깜찍한 작은 인형이 하나 들어 있었다. 동그란 얼굴에 두 눈을 크게 뜨고선 화를 내는 모습의 비닐 인형이었는데, 서점에서 벌어진 추첨 이벤트에 참여했다가 받은 상품이었다. 나는 인형을 아이의 손에 살며시 쥐어주면서 말했다.

"예쁜 공주님, 천사 이야기는 이 아저씨가 전부 꾸며낸 거란다."

그 말을 들은 아이의 눈엔 순식간에 눈물이 맺혔다.

"그럼 거짓말하신 거예요?"

"어? 아, 아니. 거짓말은 아냐."

나는 무슨 변명이라도 해야 할 것만 같았다. 아이는 당황하는 내 모습을 뚫어지게 바라보며 내 입에서 무슨 말이든 나오기만을 기다리고 있었다.

"너 그거 알고 있니? 너도 천사가 될 수 있다는 걸? 난 네 눈 속에서 이미 천사의 그림자를 봤어. 정말이야! 천사는 마음이 맑고 가슴에 사랑이 가득한 사람들 안에 살고 있거든. 어느 날 잠에서 깨어나 거울을 보면 네가 천사라는 사실을 알게 될걸? 아저씨 말을 믿을 수 있겠지?"

내가 생각하기에도 너무 어처구니없는 거짓말이었다. 순진무구한 어린 영혼을 속이고 있다는 죄책감이 마음속에서 고개를 들었다. 더 많은 거짓말을 하기 전에 그 아이와의 대화를 얼른 끝내야겠다는 생각뿐이었다.

"그럼, 내일 아침 거울 속엔 겨드랑이에 흰 날개가 돋아난 내가 있다는 건가요?"

"어쨌든…… 넌 네 자신이 이 세상 그 어떤 꽃보다도 더 아름답다는 걸 알게 될 거야."

아이가 내 대답에 만족스러워하는 것을 보고 나서야 한숨이 풀썩 쏟아져 나왔다.

그 순간 보석 같은 아이의 눈동자가 별처럼 빛났다. 나는 느낄 수 있었다. 아이의 눈 속에 내가 늘 보고 싶어 했던 그 무엇인가가 있음을.

아이는 환한 미소를 띠며 내 손에 작은 손수건 하나를 쥐어주었다. 마치 내가 아이에게 준 선물에 대한 답례인 듯이. 아이는 돌아서며 내게 아주 새하얀 미소를 지어 보였다. 집에 돌아온 나는, 그 손수건을 아무렇지도 않게 책상 한 귀퉁

이쯤에 던져놓았다.

　며칠이 지났다. 어느 한적한 밤, 한참 책상 앞에 앉아 글을 쓰다가 기지개를 켜는데, 책상에 놓인 그 손수건이 눈에 들어왔다. 한쪽 면에 글씨가 적혀 있는 듯했다. 손수건을 펼쳐서 자세히 살펴보았다.

　"이 손수건을 마음 하나하나에 놓아주세요."

　나는 이 한 구절을 한참 동안 눈도 깜짝 않고 들여다보았지만 그 의미를 이해할 수 없었다. 내 친구가 일부러 딸아이를 통해서 내게 뭔가를 전하려고 한 것인지, 아니면 그가 재미삼아 손수건에 적어본 것인데 그의 딸이 장난감처럼 들고 나온 것인지는 알 수 없었다. 궁금증을 참지 못한 나는 끝내 친구의 전화번호를 눌렀다.

　"이봐, 자네가 손수건에 남긴 메모 말일세, 그게 도대체 무슨 뜻인가?"

　나는 단도직입적으로 물었다.

　"무슨 말이지?"

　그는 손수건과 그 메모에 대해서 전혀 모르는 듯했다. 나는 일의 자초지종을 설명했다. 그러나 내 말이 다 끝나기도 전에 그는 뾰족하고 무거운 돌덩이 같은 충격적인 말을 내 가슴에 툭 던졌다.

"내겐 딸아이가 없네. 아들만 하나 있는데 아직 두 돌도 안 됐어. 게다가 그날 모임에 난 아들을 데리고 가지도 않았다네."

"하지만 내 기억으론……. 분명히 자네 옆에 여자아이가 앉아 있었어."

나는 말을 조금씩 더듬고 있었다.

"자네의 기억이 잘못된 듯하군. 난 딸이 없어. 그리고 그날 모임에 나온 친구들 중에 결혼한 사람은 나 말고 딱 한 명뿐인데, 그 친구에겐 아직 아이가 없지. 다른 친구들은 아직 결혼도 하지 않았으니 더더욱 아이가 있을 리 없고. 사실 그날 우리 중에 아이라곤 한 명도 없었네."

그는 확신에 차서 말했다. 그러나 난 그 아이의 흑진주처럼 빛나던 눈동자가 그때까지도 기억 속에서 생생했기에 모든 상황이 혼란스럽기만 했다.

다시 손수건을 자세히 살펴보았다. 유난히 깨끗한 것을

제외하면 이상한 점이라곤 찾아볼 수 없는 평범한 손수건이었다. 며칠 동안 책상 위에 아무렇게나 던져둔 상태였는데도 먼지 하나 묻지 않은 채로 깨끗했다.

손수건에 적혀 있는 글은 손으로 정성 들여 썼는지 또박또박 정돈된 글씨체로 적혀 있었다. 나는 그 한 문장을 한 번 또 한 번 반복해서 읽어보았지만 끝내 무슨 뜻인지 알아내지 못했다.

그 후 두 주간, 알고 지내던 모든 친구들에게 전화를 했지만 그 또래의 딸을 가진 친구는 아무도 없었다. 모든 친구들의 이름을 적어놓고 하나하나씩 체크해보고, 심지어 친구들에게 부탁해서 그 또래의 딸을 가진 친구를 찾아보게도 했지만 아무런 소식도 없었다.

결국 더 이상 찾지 않기로 결심했다. 그러나 그날의 일을 떠올려보면 결코 내 기억이 잘못된 건 아니었다. 저녁을 먹은 식당과 날짜가 똑똑히 기억날뿐더러 누가 무엇을 주문했는지, 그리고 그 여자아이가 어느 친구 옆자리에 앉아 있었는지도 선명히 떠올랐다. 그 아이가 음식을 편하게 먹을 수 있도록 내가 직접 웨이터에게 부탁해 의자에 높은 방석을 깔아주게 했던 것도 기억났다.

게다가 그로부터 일주일 후에는 아이가 길을 가로막고 나와 짧은 대화를 나누었고 서로 선물도 주고받았다. 내 손엔 그 아이가 준 손수건이 쥐어져 있었다. 정말이지 내 기억이 잘못된 것은 아니었다.

다음날, 모임에 참석한 나는 친구들에게 여자아이와 있었던 모든 일을 말해주었다. 모두들 신기하다는 듯 손수건을 자세히 살피며 오래도록 이야기를 나누었다. 결국 그들은 이런 결론을 내렸다.

"어쨌거나, 자네가 늘 떠들어대는 그 천사 이야기 때문에 일어난 일 같군. 그러니 천사 이야기나 더 해보게. 그 여자아이가 누군지 알아낼 수 없다 해도 어쨌든 그 자체가 뜻있는 일이 아닌가? 이런 일이 누구에게나 매일 일어나는 건 아니니까 말이야."

"잠깐의 환상일지도 모르지만 어쨌든 아름답지 않은가."

내가 한 천사 이야기와 그 아이가 관련이 있다고 확신할 수는 없었다. 그러나 친구들의 말에도 일리가 있다고 생각했다. 무엇보다 그들이 천사 이야기를 원한다는 사실이 반갑고 기뻤다. 그 이야기라면 기꺼이 이어가고 싶었다.

신들의 회의

천상세계에서 일어난 일이다.

신들의 왕은 알 수 없는 근심에 빠져 있었다. 천상세계를
관장하는 일인자의 기품이 왕의 온몸에 서려 있었다. 그런
그에게 근심이라는 감정은 어울리지 않았지만 그는 자신이
알 수 없는 불안감에 사로잡혀 있다는 것을 느낄 수 있었다.

그는 무겁게 발걸음을 내디디며 곰곰이 생각에 잠겼다.
도대체 이 불안한 느낌은 어디에서 오는 것이며 왜 생겨난
것일까.

그는 아지랑이처럼 피어오르는 구름을 가만히 바라보았

다. 푸릇푸릇한 나무와 넝쿨이 구름 사이사이로 어렴풋이 보였다. 넓디넓은 코발트빛 호수는 광활한 우주 가운데 박힌 거대한 거울인 양 빛났다. 저 멀리서 여러 건장한 신들이 호수의 물결을 가르며 다가오고 있었다. 물가를 산책하거나 공중에 누워 휴식을 취하던 몇몇 여신들이 그들을 맞이하며 손을 흔들었다. 물가에 앉아서 명상을 즐기던 몇몇 신들은 거대한 물소리가 들려오자 놀라서 소리가 나는 쪽을 쳐다보았다.

"내일이면 신들이 백 년 만에 다시 모이는 날이군."

알 수 없는 근심에 사로잡혀 호수를 내려다보던 신들의 왕은 정신을 가다듬었다. 내일이면 그는 여러 신들로부터 인간 세상에 대한 보고를 받아야 했다. 어쨌거나 자신은 온 세상 천지만물들이 숭배하는 신들 중에서도 첫째가는 존재였다. 여기까지 생각이 미치자 왕의 굳어 있던 표정이 어느 정도 풀렸다.

다음날, 계획대로 신들의 모임이 진행되었다.

가장 먼저 보고한 신은 인간 세상의 전쟁과 평화를 주관하는 신이었다. 그는 여러 신들 가운데서도 가장 뛰어난 위용을 지닌 신이었는데, 그 위엄은 신들의 왕 다음쯤 되었다. 그는 위풍당당하게 그동안 자신이 인간 세상에서 창조해낸 여러 가지 기적들에 대해 이야기했다.

그는 동유럽에서 전쟁의 불을 붙였고, 아시아와 유럽의 사이에서는 빈번한 충돌을 부채질했으며, 중동에서는 원한으로 가득한 싸움을 일으켰다고 했다. 그는 전통 문명과 첨단 세력을 격렬하게 충돌시켰다.

"존경하는 우리 왕이시여!"

전쟁과 평화의 신이 우렁찬 목소리로 말했다.

"왕께선 인간 세상의 전쟁이 이젠 끝나야 한다고 생각하시겠지요. 하지만 그것은 사람의 몸 안에 독소가 쌓였다가 해소되는 원리와도 같습니다. 만약 하나의 출구를 찾아내서 독소를 내보낸다면 비록 몸의 한 부분이 짓무르고 곪더라도 얼마 지나지 않아 아무 일 없었다는 듯이 다시 건강을 회복합니다. 그러나 독소가 쌓이는 걸 그냥 방치해둔다면 언젠가 쌓이고 쌓인 고름과 독소가 급기야는 사람의 목숨을 위태롭게 합니다. 제가 수많은 전쟁을 일으킨 것은 인간 세상의 독소를 없애기 위해서였지요. 그러기 위해서는 반드시

피와 불을 빌려야만 했습니다. 제가 그렇게 했기에 지금 이 순간에도 화약 연기 가득한 들판에 새로운 평화의 씨앗이 뿌려질 수 있는 것입니다."

신들의 왕은 고개를 끄덕이며 전쟁과 평화의 신의 말에 동의했다.

다음으로 지혜와 어리석음의 신이 보고했다. 그는 자신이 얼마나 심사숙고해서 인간의 절반은 지혜롭게 그리고 나머지 절반은 어리석게 만들었는지에 대해 한참 동안 설명했다. 그리곤 마지막에 이렇게 덧붙였다.

"저는 지혜와 어리석음을 기준으로 삼아, 지혜로운 자들에겐 권력과 돈과 명예를 주었고, 어리석은 자들은 지혜로운 자들을 추종하거나 그들에게 순종하게 만들었습니다. 그리하여 수천 년 동안 인간 세상은 소수의 지혜로운 자들이 수많은 바보들을 이끎으로써 유지될 수 있었던 것입니다."

다음으로 사랑과 원한의 신, 부와 가난의 신, 권력의 신, 행운의 신, 생사의 신이 차례대로 자신들의 공적을 자랑했다. 신들의 왕은 한결같은 미소를 지으며 고개를 끄덕였다. 드디어 마지막 신이 보고를 끝내자 회의장 안은 무섭도록 고요해졌다. 관례에 따르자면 이제 신들의 왕이 앞으로 나와 말할 차례였기 때문이었다.

한참을 기다려도 왕의 근엄한 목소리는 들려오지 않았다. 그는 마치 무언가를 기억해내려는 듯 양미간을 찌푸리고 먼 곳을 바라보고 있을 뿐이었다.

"내 생각인데⋯⋯."

신들의 왕이 드디어 입을 열었다.

"우리가 정말 인간 세상을 관장하고 있는가?"

"존경하는 우리 왕이시여! 그런 얼토당토않은 질문을 하시다니요. 당신의 말씀 아래에서 여러 신들이 인간 세상의 삶과 죽음, 명예와 오욕, 행복과 불행을 관장하고 있지 않습니까. 인간의 운명은 영원히 우리 손안에 있습니다."

전쟁과 평화의 신이 흥분해서 대답했다.

"하지만 알 수 없는 기운이 느껴져. 인간에게는 우리 신들이 관장할 수도, 간섭할 수도 없는 그 무엇이 있는 것 같아. 그들은 비록 우리 신들의 안배에 따라 기적을 이뤄내지만, 그들이 이뤄낸 기적 모두가 우리가 예상했던 것은 아니었지. 그렇지 않은가?"

왕의 말에 모든 신들은 순간 전기에 감전된 듯 멈칫했다.

이때 여러 신들 사이에서 한 천사가 앞으로 걸어 나왔다. 그의 몸집은 다른 신들에 비해 훨씬 작았다. 신들처럼 찬란한 옷을 입고 있지는 않았지만 강렬한 눈빛과 정중한 표정, 그리고 타고난 신의 기품을 지닌 천사였다.

"존경하는 왕이시여! 저는 그저 한낱 천사에 지나지 않아 인간의 삶과 죽음, 명예와 오욕, 행복과 불행을 관장할 수는 없습니다. 그러나 저는 인간 세상에서 진정한 기적을 보았습니다. 그 기적은 신이 창조한 것이 아니라 인간들 스스로가 창조해낸 것이었습니다."

천사의 말을 들은 여러 신들이 웅성거렸다. 그러자 신들의 왕이 말했다.

"천사여, 그대의 표정에선 정직함이 보이네. 하지만 자네가 본 것이 진정한 기적인지는 알 수가 없군. 이 자리에서 그대가 본 것에 대해 어디 얘기나 한번 해보겠나?"

"제가 말하는 기적은 크고 엄청난 것은 아닙니다. 오히려 지극히 평범해서 그저 한 방울의 물이나 한 포기의 풀과 같죠. 그러나 그 한 방울의 물이 사막에서 목마른 이의 입가에

맺혔고, 한 포기의 풀은 생명체 하나 없는 황량한 섬에서 자라났습니다. 그 물방울이 한 사람의 생명을 구하는 기적을 만들어냈고, 그 풀이 황량한 섬을 생명의 발원지로 만드는 기적을 만들어낸 것입니다."

천사는 자신이 목격한 기적에 대해 차근차근 이야기하기 시작했다.

진심

한 소년이 고개를 숙인 채 혼자 거리를 걷고 있었다. 열두 살의 소년은 몹시 불행했다. 아버지는 절도 사건을 일으켜 감옥에 갇혀 있었고, 어머니는 극심한 가난으로 인해 성격이 몹시 거칠어졌기 때문이었다.

그런 환경에서 자란 소년은 무척이나 움츠러들어 있었다. 어디서도 남들과 잘 어울리지 못했고, 무슨 일이든 순조롭게 해내지 못했다.

조금 전에 소년은 사소한 일로 어머니와 다퉜다. 소년은 미친 듯이 집안의 물건을 발로 걷어찼고, 그의 어머니는 신세한탄을 늘어놓으며 마룻바닥에 주저앉아서 울었다. 소년은 문을 박차고 집을 뛰쳐나와 홀로 길을 걷고 있었다.

천사는 소년의 머리 위에서 그를 지켜보고만 있었다. 천사에겐 다른 신들처럼 소년을 도울 자격이 없었다.

소년은 오래도록 걷고 또 걸었다. 날은 점점 어두워져 가로등도 하나 둘 불을 밝혔다. 소년의 두 다리는 시큰거렸고 배도 고팠다.

호주머니를 뒤져보았으나 손에 잡히는 건 달랑 동전 두 개뿐이었다. 그 돈으로는 빵 한 조각을 겨우 살 수 있었다. 소년은 슬펐다. 후회도 되었다.

어머니에게 그렇게 못되게 구는 건 아니었는데. 그렇게 마음에도 없는 소리를 질러대다니.

그때 길모퉁이에서 검은 손이 소년을 툭툭 건드렸다. 곁눈질로 쳐다보았다. 늙은 거지였다. 소년은 쥐고 있던 동전 두 개를 거지의 동냥그릇에 넣어주고 다시 고개를 숙인 채 앞으로 걸어갔다.

"얘야."

거지가 소년을 불러 세웠다.

고개를 돌린 소년은 거지가 그릇에서 동전 두 개를 집어
자신의 손에 다시 쥐어주는 것을 멍하니 바라보았다.

"넌 아직 어린애야, 아무리 배가 고파도 네 돈을 받을 수
는 없구나."

거지의 목소리는 굶주림에 지친 듯 기운이 없었다.

"고맙다. 넌 영혼이 맑은 착한 아이니까 언젠가 좋은 선물
을 받게 될 거야. 그런데 이 늦은 밤에 혼자서 뭘 하는 거
니? 왜 집에 가지 않고?"

거지는 거친 손으로 소년의 손을 잡았다. 소년은 손을 빼내고 싶었지만 힘을 쓸 수가 없었다. 하루 종일 땅바닥에 머리를 조아린 채 동냥을 했던 거지는 많이 외로웠던 모양이었다. 아이에게 집이 어디냐, 몇 살이냐, 어딜 가는 중이었냐, 하고 끊임없이 질문을 퍼부어댔다. 아이는 양미간을 찌푸린 채 거지의 질문에 대답할 생각은 않고 고개를 외로 꼬았다.

그 모습을 본 거지가 말했다.

"애야, 겁낼 건 아무것도 없어. 그리고 다른 사람과 말을 할 땐 눈을 마주쳐야지……."

그제야 소년은 거지의 눈을 똑바로 쳐다봤다. 그리고 용기를 내 거지에게 이렇게 말했다.

"지금 당장 집에 가봐야겠어요. 더 오래 같이 못 있어 드려서 죄송해요."

소년은 뛰다시피 해서 집으로 돌아왔다. 어머니는 난장판이 된 방 안을 청소하고 있었다. 방으로 들어선 아들을 어머니는 말없이 바라보기만 했다.

소년도 어머니를 바라보았다. 자신이 모르는 사이, 어머니는 많이 늙어 있었다. 그 연약한 체구와 파리한 안색이 어린 소년의 마음을 저리게 했다.

"어머니, 죄송해요."

소년은 어머니의 눈을 보며 말했다. 어머니는 놀란 듯 아들을 바라보았다. 지극히 짧고 평범한 말이었지만, 그녀가 아들에게서 평생 처음으로 들어본 말이었기 때문이다. 그것도 이렇게 눈을 마주보면서 말이다.

"너……."

어머니는 말을 더듬으며 무슨 말을 해야 할지 몰랐다.

"이젠 어머니께 소리를 지르거나 못되게 굴지 않을게요. 그리고 만일 잘못을 하게 된다면 꼭 용서를 빌게요."

어머니는 고개를 숙이고 흐느꼈다. 작고 여린 어깨가 들썩거렸다.

"아까 혼자 거리를 걸으면서 얼마나 후회했는지 몰라요. 그리고 갑자기 어머니가 너무 보고 싶어서 집까지 마구 뛰어왔어요."

둘은 서로를 꼭 껴안았다. 따뜻한 눈물이 두 사람의 뺨 위로 한없이 흘러내렸다.

여기까지 말하고 나서 천사는 이야기를 멈췄다.

"음, 이게 그대가 말한 기적인가? 그냥 평범한 화해가 아닌가? 감동을 주기는 하지만 기적이라고 말할 수는 없지 않은가?"

전쟁과 평화의 신이 삐죽대며 말하자 다른 신들도 맞장구를 쳤다.

이때 신들의 왕이 여러 신들에게 물었다.

"그럼, 그 소년에게 깨달음을 준 나이든 거지는 그대들 중 누구의 화신인가?"

갑자기 어색한 침묵이 감돌았다. 그러자 천사가 계속해서 말했다.

"사실 이것은 기적의 시작에 불과합니다."

그 소년은 어머니에게 감옥에 있는 아버지를 만나러 가자고 먼저 청했다. 이 또한 처음 있는 일이었다. 소년은 직접 만든 작품과 학교 숙제로 썼던 〈나의 아버지〉라는 글을 가지고 가 아버지에게 건넸다. 예전엔 아버지에 대해 언급하기는커녕 수치로 여겼던 소년이었다.

"아버지."

소년은 아버지의 눈을 바라보며 말했다.

"어머니는 아버지를 몹시 그리워하고 계세요. 그리고 저도요. 아버지가 하루 빨리 이곳에서 나오셔서 저희와 함께 사실 수 있었으면 좋겠어요."

아버지는 감격에 차서 어찌 할 바를 몰랐다. 아버지의 가슴은 방금 충전한 전지처럼 따뜻하게 부풀어 올라 세상에서 가장 큰 부자가 된 것만 같았다.

이튿날, 학교에 간 소년은 늘 자기를 '도둑 2세'라고 놀리던 아이들을 찾아가서 진심이 가득한 눈빛으로 단호하게 말했다.

"이젠 날 그렇게 부르지 말아줘. 너희들이 그렇게 불린다면 좋겠니? 난 아버지를 정말 사랑한단 말이야. 우리 아버진 가난 때문에 한순간 잘못된 판단으로 실수를 저지르긴 했지만, 너희들이 생각하는 것처럼 나쁜 분이 아니야."

소년의 용감함과 솔직함에 아이들은 모두 놀려대던 입을 다물었고, 얼마 지나지 않아 마침내 그들은 진정한 친구가 될 수 있었다.

소년은 같은 방법으로 사람들에게서 크고 작은 인정과 사랑을 받게 되었다. 소년의 생활은 이전과는 딴판으로 바뀌었다. 아주 오랜만에 느껴보는 행복이었다.

그 모든 것은 더 이상 다른 사람의 눈길을 피하지 않고 진심을 말했기 때문이었다. 소년은 그 힘을 깨달았고, 그 힘은 소년의 마음을 잠에서 깨워 소년은 물론이고 그의 주변마저도 따뜻하게 바꾸어놓았다.

"한 아이가 그렇게 했단 말이지! 그래 그 소년은 어떻게 되었나?"

부와 가난을 관장하는 신이 말했다. 그러자 천사가 미소를 지으며 되물었다.

"부의 신, 잊으셨나요? 당신이 왕께 보고했던, 당신의 의지를 이어받아서 베풀기를 좋아했던 대부호의 이름을?"

깜짝 놀란 부의 신은 재빨리 자신의 보고서에 적힌 명단을 훑어보았다. 그 재벌의 이름이 분명히 적혀 있을 뿐 아니라 그가 바로 천사가 말한 소년임을 알 수 있었다.

"나는 그를 성공과 부의 길로 이끌어주긴 했지만, 사실 난 누구에게나 똑같은 기회를 주었습니다. 내가 그 소년의 손을 더 많이 잡아준 것도 아니고, 운명의 신은 그를 더욱 멀리하기도 했습니다. 난 어떤 힘이 소년을 이끌어 내 손을 스스로 잡게 했는지 알 수 없습니다."

부의 신은 고개를 갸웃거렸다.

"그게 바로 내가 계속 고민하던 문제야!"

신들의 왕이 앉아 있던 자리에서 벌떡 일어났다.

"내 근심의 원인을 찾은 것 같군. 그런데 그 힘이 어디에서 온 것인지는 여전히 알 수가 없네."

"그것은 바로 마음의 힘입니다. 그 힘은 세상 모든 인간의 마음속에 존재하지요. 물론 이제 막 태어난 아이에게도요."

천사는 알 듯 모를 듯한 미소를 지었다.

신전은 오래도록 고요했다. 어둠으로 가득 찬 잔을 깨뜨리듯 신들의 왕이 입을 열었다.

"나는 인간들의 이런 힘을 무너뜨릴 수 없다는 것을 느끼네, 존경하는 천사여."

두 눈을 바라보고
진심을 말해보세요

두 눈을 바라보며 "사랑해!"라고 말해 보세요. 당신은 그 눈동자 속에서 예전엔 보지 못했던 떨리는 빛을 발견할 수 있을 거예요. 당신이 다른 곳을 쳐다볼 때, 그리고 그 말을 하기 전엔 그런 가슴 떨리는 빛에 대해 상상조차 하지 못했을 거예요. 그가 당신에게 그토록 많은 사랑을 주었다 해도 말이지요. 내 애길 믿어주세요. 아주 오래전부터 "사랑해!"라고 말해온 그가 지금도 당신 곁에서 말없이 기다리고 있습니다. "사랑해!"라고 말하는 당신의 눈빛을.

두 눈을 바라보며 "미안해!"라고 말해 보세요. 만약

두 눈을 바라보세요.
그건 바로 마음을 건네는 일입니다.
지금이 바로, 정말 하고 싶었던
말을 해야 할 때입니다.

그 사람이 당신이 깊이 사랑하는 사람이라면, 둘 사이에 핀 꽃
은 이제야 '사랑'이라는 제 이름으로 피어날 거예요. 우리는
늘 제 손으로 자신의 가슴을 치듯 사랑하는 사람들을 아프게
하지요. 어서 그런 미련한 손을 내려놓으세요.

두 눈을 바라보며 "이러지 마세요!"라고 말해 보세
요. 그러면 당신은 자신 안에서 꿈틀거리고 있는 힘을 느낄
수 있을 거예요. 더 이상 스스로에게도 타인에게도 소홀한 존
재이지 않을 겁니다. 당신의 그 한 마디 말은 당신을 외롭고
무거운 구름 속에서 데리고 나와 줄 거예요. 사람들은 당신의
입장에서 서서 당신의 마음이 되어볼 테니까요.

나는 이야기를 끝마쳤다. 정신없이 듣고 있던 친구들의
입가엔 그때까지도 미소가 고여 있었다. 한참 동안 우리는
이 이야기에 대해 이러쿵저러쿵 떠들썩하게 토론을 벌이고
있었다. 한 가지 이야기를 가지고도 이해하는 방식은 천차
만별이었다. 어린 소년이 그런 일을 해낼 수 없다고 여기는
친구가 있는가 하면, 어쨌거나 아이는 빨리 가질수록 좋을
거라는 뜬금없는 말을 하는 친구도 있었다. 유치하다며 내
이야기를 처음부터 끝까지 몽땅 비웃는 친구도 있었다.

이때 잠자코 있던 나의 새로운 친구 앨런이 입을 열었다.

"이런 감동적인 이야기를 해줘서 정말 고마워. 어쨌든 집
에 돌아가서 내 아이에게도 들려줘볼게."

나는 그에게 열한 살쯤 되는 아들이 있다는 걸 알고 있었
다. 몇 번 만나본 적도 있는데, 이른 사춘기를 맞은 게 아닐
까 싶을 정도로 성격이 조용하고 약간 침울해 보이기까지
했었다. 앨런은 테이블 끝을 바라보며 생각에 잠겨 있었다.

모두들 나를 대신해서 손수건의 의혹을 해결해주기로 한

사실은 새까맣게 잊고 있었다. 그때까지도 나는 하루에도 몇 번씩 길을 막아섰던 그 여자아이를 떠올리곤 했다.

며칠이나 지났을까. 밤을 지새우다시피 하고 새벽녘에 잠들었던 어느 날, 아침부터 전화벨 소리가 요란했다. 흐리멍덩한 정신으로 전화를 받았더니 앨런이었다. 그는 흥분을 감추지 못하고 있었다.

"자네의 천사에게 고맙다고 절이라도 해야겠네. 자네의 천사 이야기가 내 아들을 엄청나게 변화시켰다네."

"어떻게 된 거야?"

잠기운이 순식간에 사라져버렸다.

"며칠 전 아이한테 자네에게서 들은 이야기를 그대로 전해주었거든. 사실 처음엔 나도 그리 큰 기대를 걸진 않았네. 그냥 우리 애도 더 대담해지라고 격려하려고만 했던 거지. 그런데 오늘 아침 그애가 학교 공중전화로 내게 전화를 걸어서는, 자기가 오늘 큰일을 했다지 뭔가. 글쎄, 일 년 가까이 자기 마음을 누르고 있던 돌을 스스로 치웠다고 하더군.

자네도 알다시피 우리 애가 예전엔 매우 쾌활하고 자신감이 충만했잖은가. 장난이 심한 편이었지만 학교 성적도 그

정도면 괜찮았고. 그런데 올해 초, 아이의 담임선생님이 바뀌었어. 학기 초에 우리 애가 좀 나태해서 성적이 좋지 못했지만 그래도 자신감은 있었네.

그런데 어느 날 선생님이 무의식적으로 아이에게 '네 성적이 좋지 않구나, 하지만 네 아이큐가 평균보다 낮은 편이어서 그런 거니까 널 탓하지는 않겠다. 그러니 앞으로 다른 애들보다 더 노력해야 한다' 라고 말하더라나.

담임의 말은 우리 아이에게 어마어마한 타격이었지. 그 후로 애가 말수도 적어졌고 어떤 때에는 뭘 해보겠다는 의지마저 없어 보였어. 그런데 난 왜 그렇게 되었는지 이유조차 모르고 있었다네. 그냥 답답하기만 했지!

어제 선생님이 아이들에게 '사소한 일' 이라는 제목으로 글을 쓰게 했네. 아이는 지난 일을 용감하게 다시 꺼내서 그 작은 일이 자기에게 준 상처를 있는 그대로 적었어. 더 장한 것은 오늘 아침 교무실로 찾아가 선생님의 두 눈을 바라보면서 '제가 특별히 총명하다고 생각하지는 않아요. 하지만 선생님께서도 앞으로는 제 머리가 나쁘다고 말씀하지 않으셨으면 좋겠어요' 라고 했다는군. 나 참, 나도 이 아이를 내 아들이라고 말하기가 겁나네."

"그래, 선생님의 반응은?"

나는 약간 걱정이 되었다.

"아직은 잘 모르겠어. 아이는 담임에게 자신도 잘할 수 있다는 것을 반드시 보여주겠다고 하더군. 오늘 그 선생님의 수업이 있어서 미리 예습을 했다고 하네. 여태껏 내 아들한테 이런 모습이 있는 줄 몰랐네."

저녁에 나는 앨런에게 전화를 걸었다. 전화를 받은 앨런의 목소리는 훨씬 더 들떠 있었다.

"아이가 오늘은 개선장군처럼 집에 돌아왔어! 누구보다 열심히 수업을 들었고 누구도 손대지 못한 문제를 풀었다는군. 선생님이 칭찬해주었을 뿐 아니라 아이가 쓴 그 진심 어린 글에 감동을 받았다고 하더래. 자네한테 정말 고맙네, 토니. 그렇게 훌륭한 이야기를 들려주어서."

전화를 끊으며 쉽게 잠들긴 힘들겠다고 생각했다. 한 친구가 나에게 천사에 대한 이야기를 한 편 더 적어 보내달라고 했던 게 기억났다. 마침 잘 된 일인지도 몰랐다. 나는 들뜬 마음으로 책상 앞에 앉았다.

화해

이제 겨우 열세 살이 된 한 소녀. 전에는 수많은 또래 여자아이들처럼 예쁜 것을 좋아하고 환상적인 미래를 꿈꾸고 허영도 부려보는 아이였다. 물론 근사한 남자친구를 꿈꾸기도 했다. 하지만 언제부턴가 그 모든 것들이 소녀에게서 사라져버렸다. 소녀의 머릿속엔 온통 기숙사의 룸메이트들을 어떻게 처리할까 하는 생각뿐이었다. 소녀는 그들이 견딜 수 없이 미웠다. 그런 강렬한 분노에는 명확한 이유도 없었다.

얼굴이 길쭉하고 치켜진 코 옆에 점이 있는 아정이가 미웠다. 자꾸만 소녀의 말을 가운데서 잘랐고 무례하게 굴었을 뿐만 아니라 늘 소녀의 짤막한 눈썹을 비웃었기 때문이다. 눈썹 얘기는 소녀 앞에서는 금기사항이었다.

고상하게 앉아서 잘난 척을 해대는 소서도 미웠다. 소서는 자기가 남들보다 책 몇 권을 더 읽었다는 이유 하나로 마치 대단한 존재라도 된 것처럼 소녀와 얘기하는 것조차 귀찮아했다.

성질이 드센 아경이라면 뼈에 사무칠 정도로 미웠다. 둘은 예전에 심하게 싸운 뒤로 지금껏 말 한 마디 나누지 않고 있었다.

소녀를 가장 견딜 수 없게 만드는 것은 이 세 사람이 만나면 언제나 웃고 떠들며 소녀를 무시한다는 사실이었다. 소녀는 분노와 원망으로 수많은 밤을 잠들지 못했다.

얼마나 하찮은 일인가? 하지만 그런 감정들이 이미 소녀의 마음을 가득 채우고 있었다. 심지어 가장 절망적일 땐 한 마리 독사가 소녀의 마음속을 점점 파고드는 듯했다. 소녀는 세 여자아이를 망가뜨리는 장면을 상상했다. 한 번 또 한 번 룸메이트들에게 고통을 주는 자신의 모습을 반복해서 떠올렸다. 그러면 소녀의 마음은 어느 정도 후련해지곤 했다. 하지만 그런 상상이 끝나고 나면 소녀는 곧 공포와 자책감에 사로잡혀 괴로워했다.

소녀는 잘 알고 있었다. 상상대로 한다면 자신도 동시에 망가질 것이고, 부모님도 가슴 아파할 것이고, 자신이 소중하게 여겼던 모든 걸 잃게 될 거란 사실을. 하지만 이 모든 우려와 공포는 소녀가 세 원수와 마주하고 있을 때면 온데간데없이 사라지고 말았다.

소녀는 정말로 자신이 망가지는 한이 있어도 그 아이들을 망가뜨려야겠다고 생각했다. 세 원수와 함께 죽는 길을 택한 것이다.

"오늘 밤엔 꼭 이루고 말 거야."

소녀는 오전 내내 방에 틀어박혀 자기 물건을 정리하다가 한참을 멍하니 서 있곤 했다. 오후에는 거리를 정처없이 걸어 다녔다. 한 작은 가게 앞을 지날 땐 발걸음을 멈추었다. 소녀가 가장 좋아하는 빛깔의 머리핀이 보였다. 아주 정교하게 보석을 박아놓아서 소녀의 아름다운 머릿결과도 잘 어울렸다.

'더 이상 내겐 필요없는 물건이지.'

소녀는 마음속으로 되뇌었다. 하지만 평소에는 너무 비싸서 사지 못했을 그 머리핀을 가지고 있던 돈을 몽땅 털어 사고야 말았다. 주인은 기뻐하며 머리핀을 고급스러운 상자에 담아 예쁘게 포장해주었다.

소녀가 돌아왔을 때 기숙사에는 아무도 없었다. 소녀는 자신이 온종일 밥을 먹지 않았다는 사실이 떠올랐지만 배도 고프지 않았다. 갑자기 뭘 해야 좋을지 몰라서 포장지를 벗긴 머리핀을 보석 상자에 넣고 흔들어보다가 책상 위에 올려두고 화장실로 들어갔다.

룸메이트들이 돌아왔는지 말소리가 들렸다. 서로 장난을

치는지 깔깔대다가 마구 소리치기도 했는데 그 모든 소리들
이 소녀에겐 뽐내는 것처럼 들렸다.

화장실에서 나온 소녀의 얼굴은 웃고 있었다. 그 아이들
에게 우울한 모습을 보이고 싶지는 않았다. 소녀는 다른 사
람들이 자신의 고통을 아는 것이 정말이지 싫었다. 소녀는
아정이 자신의 보석 상자를 열고 머리핀을 손에 쥔 채 너무
좋아하는 모습을 보게 되었다.

"내가 산 거야!"

소녀는 가까스로 분노를 가라앉히고 아정의 손에 쥐어진
머리핀을 집어 들려고 손을 내밀었다.

"어머!"

아정은 얼른 머리핀을 팽개치고 더 귀중한 선물이라도 된
다는 듯 소녀의 손을 잡았다. 그러고는 소녀를 끌어당겨 꼭
껴안았다.

"정말 고마워! 네가 너무 좋아! 고마워……."

아정은 놀란 얼굴을 하고 있는 소녀에게 물었다.

"오늘이 내 생일인 줄 어떻게 알았어?"

소녀는 바보처럼 그냥 웃기만 했다.

"이렇게 좋은 선물을 준비해주다니! 난 그것도 모르고 네가 요즘 들어 부쩍 우리랑 말도 안 하고 어울리지도 않아서 무슨 일일까 궁금했지. 애들도 널 얼마나 걱정했다고."

아정이 기쁨에 차서 외쳤다. 아무 말도 못한 채 어리둥절해하던 소녀의 눈길이 책상 위에 놓인 포장지에 가닿았다. 그 위에는 한 줄 한 줄 '생일 축하합니다'라는 문구가 새겨져 있었다.

아이들은 모두 손을 맞잡고 서로 가슴을 맞대고 끌어안았다. 깊은 심연으로 가라앉았던 한 악마가 하늘을 나는 행복한 천사로 변하는 순간이었다.

"존귀하신 신의 왕이여! 소녀들이 둘러앉아서 생일 파티를 하는 것을 본 순간, 그들의 얼굴에서 기쁨의 웃음이 넘치는 순간, 제 마음에도 촛불이 하나 둘 켜졌습니다."

천사는 가슴 저 밑바닥까지 따뜻해졌다는 듯이 두 손을 가슴에 얹고 느릿느릿 말했다.

먼저
손을 내미세요

당신 먼저 손 내미세요. 당신의 손은 세
상의 모든 닫힌 문을 여는 열쇠입니다. 우리가 원
하는 행복은 가까이 있어서 손만 내밀면 곧 닿을 수 있지요.
그런데 왜 자꾸만 원망과 공포의 그림자에 몸을 숨기고 스스
로 두 손을 얽어매고 있나요.

마음의 빗장을 풀듯 두 손의 깍지를 풀고 앞으로 내밀어 보
세요. 당신이 꼭꼭 닫아걸었던 오해와 원망과 고통의 문이 스
르륵 열리고 찬란한 햇살이 쏟아져 들어올 것입니다.

당신 먼저 손 내미세요. 손 안에 담긴 사랑을 전해주세
요. 그가 비록 당신이 미워했던 사람일지라도. 당신이 베푼 사

먼저 손을 내밀어보세요.
그 빈손에 사랑이 가득
고일 것입니다.

랑만큼은 보답받을 수 없다 해도, 마음속의 미움을 버리게 된 것만으로도 편하게 숨 쉴 수 있을 것입니다. 숨통을 틀어막고 있던 고통을 걷어냈으니 마음이 날아갈듯 가벼워질 것입니다.

당신 먼저 손 내미세요. 그리고 내 얘길 기억하세요. 만약 당신이 맞잡으려고 내민 손이 빈손으로 돌아와야 한대도 원망하지 말고 미소 지으세요. 그 너그러운 미소는 세상 그 누구도 빼앗을 수 없습니다.

나는 이 이야기를 친구 레이크에게 이메일로 보내주었다. 그는 대학의 심리학과에서 학생들을 가르치고 있었다.

어느 휴일, 레이크가 나를 자신의 집으로 초대했다. 나는 아주 흔쾌히 그의 초대를 받아들였다. 그는 아주 행복해 보였다. 예쁘고 상냥한 아내와 활발한 딸이 나를 맞아주었고, 집안은 소박하지만 포근하게 장식되어 있었다. 정말이지 누구라도 부러워할 가정이었다. 식탁에서 우리는 천사 이야기에 대해 대화를 나눴다. 레이크가 말했다.

"사람들은 곧잘 오해하지. 아이들이 순진하다고 말이야. 그래서 아이들의 세상이 순수하고 아름답기만 한 줄 아는데, 나는 그렇게 생각하지 않아. 그날 자네가 보내준 이야기를 보고 느낀 것이지만, 자네의 관점에 전적으로 동감이네."

"어떤 점에서 말인가?"

나는 그의 의견을 더 듣고 싶어서 일부러 물어보았다.

"어떤 경우엔 아이들도 정말 사악한 생각을 할 뿐 아니라 잔인할 때도 있다네. 아이들이 어른과 구별되는 차이점이 있다면 사악하고 잔인한 일을 할 때 어른들처럼 명확하게 이익을 따지지는 않는다는 점이지. 동생이 부모의 사랑을 빼앗아갔다고 여긴 형이 동생을 죽이는 비극이 생기고, 친구들끼리도 마음이 맞지 않으면 끝내 폭력을 쓰는 거야.

이렇게까지 극단으로 치닫지는 않더라도, 내 생각엔 어려서부터 미움, 적대감, 고독 같은 감정에 제대로 대처하는 법을 배우지 못한 아이들은 성장한 후에도 위험한 화약통처럼 불꽃같은 환경만 만나면 폭발하지. 그렇게 되면 다른 사람만 다치는 게 아니라 자신마저 다치게 되는 거고."

레이크는 마치 강의를 하듯 말했다.

"하지만 아이들이 남을 해친 후에 일어날 무서운 결과를 알게 된다면 당신이 아까 말했던 비극들은 일어나지 않을 거예요."

아내의 지적에 레이크는 바로 말을 받았다.

"만일 양심을 품은 아이가 단지 벌 받는 것이 두려워서 악한 짓을 하지 않는다면, 그 자체도 비극이 아니겠소? 사실 그렇게 벌을 두려워하는 아이라면 실제로는 악한 짓을 하지 않아요. 하지만 자기 내면과 주변에 지옥을 형성하고 끊임

없이 자신과 남을 해치고 있지. 이런 애들에겐 희망찬 미래가 보이지 않아."

"자넨 원망의 감정에 휩싸인 적이 있었나? 어릴 적에 말이야."

내가 레이크에게 물었다.

"있었네."

레이크는 솔직하게 말했다.

"중학교 때부터 난 한 사람을 계속 증오했어. 그는 늘 나의 왼쪽 얼굴에 주근깨가 많다고 비웃었거든. 그 말은 내게 큰 고민이 됐지. 그래서 그를 때려눕히고 욕을 해대는 상상을 백 번도 넘게 했네. 매번 그렇게 상상으로나마 화를 풀고 나면 맥이 빠졌어. 그때 난 세상에 그놈만 없으면 기뻐 날뛸 것 같았지."

난 호기심을 참지 못하고 레이크의 얼굴을 가만히 들여다보았다. 정말 주근깨가 여러 개 있었다. 하지만 그렇게 고민할 정도는 아니었다. 그러는 사이 레이크가 말을 이었다.

"그 후 점차 커가면서 그 친구와는 되레 절친한 친구가 되었네. 지금 보면 그 친구는, 정말 유머러스하고 친절하고 배려하는 마음이 깊은 사람이야. 어린 나이이긴 했지만 그때 그저 마음 안에서만 싸우고 이겨냈던 게 잘한 일이었던 것 같아. 자네의 이야기에서 말했듯이, 먼저 손을 내밀어 문제를 바로 해결하는 것이 가장 좋은 방법이지만 말일세."

"지금 당신이 어릴 적 그대로라면, 그 일을 어떻게 처리했을 것 같아요? 중요한 건 당신의 행동은 아이 같아야 하고 지금껏 쌓아온 경험은 쓰지 말아야 한다는 거예요."

레이크의 아내가 미소를 지으며 남편에게 물었다.

레이크는 생각에 잠겼다. 그러더니 날더러 자신을 비웃었던 친구 역할을 맡아달라고 했다.

나는 그 역할이 왠지 마음에 들었다.

"이봐 레이크, 날 그렇게 쳐다보지 마. 그 얼굴은 정말 뭐랄까, 네 얼굴의 주근깨가 다 일어나서 나에게 달려올 것만 같다고!"

나는 신이 나서 그를 놀려댔고, 레이크의 아내와 딸도 장난스럽게 호응했다.

레이크는 나를 바라보며 감정을 가라앉히는 듯했다. 그러고는 내게 걸어와서 오른손은 나의 한쪽 손을 잡고 왼손은 나의 어깨 위에 올려놓더니 이렇게 물었다.

"토니, 우린 친구 아니었어?"

더할 나위 없이 부드러운 목소리였다.

"당연히 친구지."

나는 가까스로 웃음을 참으며 말했다.

"그럼 넌 친구를 이렇게 대해도 되는 거야? 내가 지금 다리 하나가 부러졌어도 이렇게 놀릴 거야? 말하지 않아도 돼. 난 네가 그러지 않을 거라는 걸 잘 알아. 하지만 지금 네가 하는 말은 우리 사이의 감정을 상하게 해. 그러니 날 친구로 여긴다면 두 번 다시 날 놀리지 말아줘."

레이크는 그 역할에 완전히 빠져서 나를 형형한 눈빛으로 바라보았다. 잠시 주춤하다가 레이크의 아내와 나는 참지 못하고 레이크가 반칙했음을 지적했다.

"십대 중학생의 말투가 아니잖아."

이때 레이크의 열한 살 된 딸이 말했다.

"혹시 엄마랑 아저씨는 아이들이 바보라고 생각하시는 거예요? 지금 아빠가 한 말은 내 친구의 입에서도 얼마든지 나올 수 있는 표현이라고요."

딸아이의 응원에 레이크는 승리자의 미소를 지으며 식탁으로 돌아와 앉았다. 하지만 그의 얼굴엔 계속 한 가닥의 서운함이 어려 있었다.

"그땐 난 왜 이렇게 하지 못했을까? 손만 한 번 내밀면 되는 거였는데⋯⋯."

그는 한숨을 쉬었다.

난 레이크의 심정을 충분히 이해했다. 그렇다. 그가 예전에 이런 마음의 힘을 알고 있었다면 그의 인생은 지금쯤 더 아름답게 꽃을 피웠을지도 모를 일이었다.

그의 집을 나올 때, 레이크는 이야기를 보내줘서 고맙다고 몇 번이나 인사했다. 나는 오히려 내가 더 고맙다고 말했다. 따뜻한 가족들과의 저녁 식사와 생각지도 못했던 역할극은 정말 유쾌했다.

이 일에는 작은 결말이 하나 더 있다.

레이크가 그날 나와 연기했던 일에 대해 친구에게 말해줬더니, 그 불쌍한 친구는 자책감에 빠져 레이크에게 계속 미안하다고 말했다는 것이었다. 결국 레이크가 한참을 위로하고 나서야 그 친구는 마음을 풀 수 있었다고 했다.

레이크의 집에서 돌아온 후, 한참 회사 일로 바쁘다 보니 친구들을 만날 겨를도 없었다. 그래서 나의 천사 이야기도 이어지지 못하고 있었다. 이야기를 짓는 재미에도 점점 무덤덤해지고 있었다.

몇몇 친구들은 전화로 물어오기도 했지만 그때마다 말머

리를 돌리면서 "내가 작가도 아니고, 어떻게 매번 다른 이야기를 지어낼 수 있겠어?"라고 웃으며 대답했다.

그렇게 두세 달이 흘러가고 있었다. 어느 주말, 나는 가족들과 함께 등산을 하고 돌아왔다. 샤워를 끝내고 밥을 먹고 나니 어느새 저녁 8시, 가족들은 몹시 피곤한 듯 소파에 늘어져서 텔레비전을 보고 있었다. 나는 습관적으로 컴퓨터 앞에 앉았다. 새로 온 이메일을 확인하려던 참이었다. 그런데 인터넷 접속이 잘 되지 않았다. 나는 달팽이처럼 느린 통신 속도를 원망하며 계속 접속을 시도했다.

드디어 편지함을 열었다. 평상시엔 어림잡아 스무 통의 이메일이 와 있던 편지함에 단 한 통의 이메일밖에 없었다. 놀랄 만한 일이었다. 게다가 그 이메일의 제목은 '세 번째 기적의 씨앗'이었다.

누가 보낸 편지인지 궁금했다. 그런데 이상하게도 발송자 난에 이름이나 보낸 사람의 메일 주소가 적혀 있지 않았다. 믿을 수 없는 일이었다. 그러나 아무리 눈을 비비고 보아도 텅 비어 있었다.

나는 조심스럽게 이메일을 열어보았다.

용기

이번엔 아홉 살짜리 소년의 이야기이다. 다른 아이들보다 좀더 예쁘장한 외모에 총명함을 지녔을 뿐 특별히 별다른 점은 없었다. 그러나 소년은 자신이 불행하다고 생각했다. 왜냐하면 왼손 새끼손가락의 절반쯤이 잘려나가고 없었기 때문이다. 뜻밖의 사고로 생긴 상처였다.

사실 새끼손가락 때문에 아이를 비웃거나 무시하는 사람은 아무도 없었다. 아이의 부모도 늘 아이에게 관심을 기울였다. 학년이 바뀔 때마다 새로운 담임에게 아이의 특수함을 말해주며 잘 보살펴달라고 부탁을 하면서도, 오히려 그것이 아이에게 상처가 될까봐 걱정하곤 했다.

체육 수업시간이었다. 선생님은 학생들에게 철봉에 매달려 다섯 번씩 턱걸이를 하라고 했다. 몇몇 연약한 아이들이 턱걸이는커녕 철봉에 매달린 채 팔만 부들부들 떨고 있자, 선생님은 우렁찬 목소리로 "못하면 내려올 생각도 말아!"라고 겁을 줬다.

소년의 차례가 되었다. 겨우 두 개를 하고는 얼굴이 새빨개졌다. 팔뚝의 작은 근육들이 조금씩 떨리기 시작했다. 이러지도 저러지도 못하고 있는 소년에게 선생님은 부드럽게 말했다.

"그만하면 됐다. 이제 내려와."

소년이 철봉에서 내려왔다. 선생님은 큰 소리로 소년을 잘했다고 칭찬하면서 한편으로는 다른 아이들을 훈계했다.

"너희들도 잘 따라서 배워!"

소년은 다른 아이들보다 쉽게 특혜를 받았고 더 쉽게 칭찬을 받았다. 소년은 이미 그 칭찬 뒤에 있는 진심을 알아볼 수 있었다.

부모는 소년을 더 많이 사랑해주었다. 아이에 대한 안쓰러운 마음 때문인지 늘 마음을 다해 보살폈다. 그러나 그들은 자식의 성장을 보살피는 동시에 아들의 마음속에 자라고 있던 나약함과 자기비하까지 보살폈던 것이다.

그 결과, 소년은 무슨 일이든 시도하는 것조차 두려워하게 되었다. 워낙엔 호기심도 많고 모험을 좋아하는 아이였는데도 말이다. 게다가 낯선 사람과 만나는 것을 두려워했는데, 그 이유는 가까운 사람들에게서 지금껏 받아왔던 '특별한 대우'를 받지 못할 것만 같았기 때문이었다. 소년은 잘 울고 쉽게 수줍음을 탔으며, 사람들의 시선을 의식할 땐 걸음걸이마저 이상해지곤 했다. 소년은 다른 사람들의 시선을 지극히 두려워했다.

소년의 열 번째 생일이었다. 그날은 소년에게 영원히 잊지 못할 날이 되었다.

선생님은 소년의 반 학생 모두를 데리고 가까운 산으로 소풍을 떠났다. 등산이 시작되고 얼마나 지났을까, 소년은 점점 더 뒤처졌다. 산꼭대기가 저만치 보이기 시작할 무렵엔 아주 가파른 오르막길이 펼쳐졌다. 선생님은 소년에게

길옆 바위 위에 앉아서 다른 아이들과 자신이 내려올 때까지 기다리라고 했다.

소년은 선생님의 말대로 가만히 바위 위에 걸터앉았다. 산꼭대기를 향하는 일행의 꼬리가 저만치 산모퉁이를 돌고, 소년은 혼자 남게 되었다. 얼마 지나지 않아 친구들이 흥분해서 외치는 소리가 들렸다. 정상에 다다른 모양이었다.

한참 지루하게 앉아 있는데, 한 늙은 산사람이 양 몇 마리를 몰고 다가왔다. 하루 종일 사람을 별로 보지 못했던 산사람은 주름 가득한 얼굴로 웃으며 소년에게 말을 건넸다.

"아까 저쪽에서 보니 친구들과 함께 온 모양이던데, 왜 너만 여기 이러고 있니?"

"제가 몸이 좀 약한 편인데, 선생님께서 여기서 쉬고 있으라고 하셔서요."

소년은 못이기는 척 대꾸하고는 한참 풀을 뜯어먹고 있는 양들을 바라보았다.

소년은 그때까지 그렇게 가까이에서 양을 본 적이 없었기에 무척 신기했다. 마침내 소년의 눈길이 한 마리의 양에게 머물렀다. 그 어린 양은 너무 왜소하고 약해 보였다. 게다가 양의 앞다리 하나가 다른 세 다리보다 짧았다. 그런데도 부지런히 어미 양을 쫓아다녔다. 소년은 오랫동안 멍하니 그 양을 쳐다보았다.

"할아버지, 저 양의 다리는 왜 저렇게 됐죠?"

소년은 손가락으로 어린 양을 가리키며 물었다.

산사람은 고개를 돌려 소년이 말한 양을 확인하고는 대답했다.

"저 새끼 양 말이냐? 언젠가 녀석이 눈에 안 보여 찾아다녔더니, 바위 틈에 다리가 끼인 채로 옴짝달싹 못하고 있더구나. 빠져나오려고 얼마나 발버둥을 쳤던지, 발굽이 뭉그러지고 발목도 부러져 있었지. 그래서 아예 못쓰게 된 부분을 잘라냈단다. 어떤 사람은 발굽이 없으면 산길을 걸을 수 없을뿐더러 풀도 찾아 먹지 못해 어차피 굶어죽고 말 거라며, 안락사를 권하기도 하더구나. 하지만 난 이 녀석이 살아남을 수도 있다는 생각에 그냥 놔두었단다.

어느 날 양을 한쪽 골짜기에 두고 가까운 다른 골짜기의 눈에 띄는 곳에 양이 좋아하는 풀 한 무더기를 놓아두었지. 하루 종일 굶은 양은 풀을 먹고 싶었지만 골짜기를 건너는

게 아주 두려웠나봐. 그도 그럴 것이 앞발에 힘을 쓸 수 없었으니까 말이야. 아예 엄두도 내지 못하고 있기에 내가 안타까운 마음에 큰 소리로 외쳤어. '한 발만 떼어봐!' 그랬더니 정말 발을 내딛는 것이 아니겠니.

봐라, 살려두길 잘했지. 지금은 얼마나 잘 지내는지 하루하루가 다르게 크고 있단다."

소년은 그 양을 뚫어지게 바라보았다. 양은 절뚝였지만 그래도 민첩했다. 입가에는 씹고 있던 풀잎이 삐져나와 있었다. 어리광이라도 부리듯이 갑자기 앞으로 달아나면서 "메에- 메에-" 울기도 했다. 행복한 모습이었다.

산사람이 양들을 몰고 다 사라질 때까지도 소년은 바위 위에 앉아 있었다. 조금 전과는 전혀 다른 기분이었다.

소년은 이제 결심을 해야 했다. 그의 친구들은 이미 저 멀리 가 있었고, 소년은 지금이라도 친구들을 따라가야겠다고 생각했다. 친구들을 따라잡을 수 있을지 확신할 수는 없었다. 게다가 가파른 산길도 두려웠다. 무엇보다도 자신이 겪어보지 못한 세상에 대한 두려움으로 자꾸만 의기소침해졌다.

하지만 소년은 벌떡 일어나서 빠른 속도로 다시 산을 오르기 시작했다. 발걸음을 옮기면서 소년은 흥분과 기쁨으로 숨이 가빠오는 것을 느꼈다. 그 순간, 자신의 영혼이 마치 족쇄를 끊고 자유로워진 기분이었다. 용기를 북돋는 신기한 힘에 휩싸인 채 소년은 산꼭대기로 향했다. 산 정상에서 아래를 굽어보는 느낌을 알고만 싶었다.

소년은 끝내 친구들을 따라잡았다. 땀에 흠뻑 젖어서 숨을 헐떡거렸지만 얼굴엔 뿌듯함이 가득했다. 선생님과 친구들은 느닷없이 나타난 소년의 모습에 깜짝 놀랐지만, 환호와 박수를 보내며 정상에 오른 소년

을 반겼다. 그들은 함께 산 아래를 내려다보며 나란히 섰
다. 소년은 감격에 차서 승리자처럼 양팔을 벌리고 사방을
둘러보았다. 산골짜기에 울려 퍼지는 소년의 웃음소리는
세상 그 어떤 노래보다 아름다웠다.

　이 날은 소년에게 가장 뜻 깊은 하루가 되었다. 그때부터
소년은 누구에게나 신뢰받는 굳센 사람이 되었기 때문이다.
한순간의 큰 결심과 용기가 소년의 삶을 송두리째 바꿔놓았
던 것이다.

한 걸음
더 내디디세요

한 걸음 더 내디디세요. 저기 건너편 산 봉우리를 보세요. 그곳에서 당신은 새로운 세계와 새로운 자신을 만나게 될 겁니다. 당신의 가슴은 환희와 감동으로 벅차오르겠지요. 더 큰 한 걸음의 용기도 생길 테지요. 하지만 이 모든 것은 용감하게 한 발을 내디뎠을 때에만 이룰 수 있습니다.

뒤돌아보지 말고 한 걸음 더 내디디세요. 그런 자신감 없는 눈빛은 당신에게 어울리지 않습니다. 숨 한 번 깊게 들이쉬고 한 걸음 내디뎌보세요. 그 한 걸음이 당신의 위치와 주변 사람들의 시선까지도 영원히 바꾸어놓을 것입니다.

한 걸음 더 내디뎌보세요.
발 앞에 놓인 월계관을 집어 드세요.
그것이 바로 당신이 가져야 할 영예입니다.

거울 속 당신의 모습을 보면서 한 걸음 더 내디뎌 보세요. 누가 당신의 눈 속에 두려움과 나약함을 심었나요? 무엇이 당신으로 하여금 양미간을 찌푸리게 했나요? 일어나세요. 이젠 뒤로 물러서지 마세요. 이제 당신은 한층 더 환하게 빛날 겁니다. 그것이 바로 당신의 진짜 모습입니다.

|

나는 '세 번째 기적의 씨앗'을 단숨에 읽어버렸다. 그리고 오래도록 책상머리에 앉아 생각에 잠겼다. 누가 나에게 이 이메일을 보낸 것일까? 그는 왜 나한테 이것을 보냈을까?

나는 회신 버튼을 눌러 알 수 없는 그에게 답장을 쓰기 시작했다.

이름 모를 벗에게

당신의 편지는 잘 받았어요. 너무나 흥미로운 이야기였습니다. 이야기를 읽다 보니 내게도 힘이 생기는 것 같았죠. 난 이 편지를 내가 아는 모든 이들에게 보내기로 했습니다. 그들 모두가 저처럼 이 이야기를 읽으며 큰 힘을 얻을 거라고 생각하기 때문입니다.

나의 게으름을 용서해주세요. 천사에 관한 이야기는 당연히 계속 해나가야 합니다. 당신의 편지를 다 읽는 순간, 나는 새롭게 결심했습니다. 반드시 이 천사의 이야기를 내 삶의 일정표에서 가장 중요한 일로 여길 거라고 말이죠. 많은 사람들이 천사 이야기를 함께 읽을 수 있도록 할 것입니다. 아마 당신도 매우 기뻐하시리라 생각합니다.

당신이 누군지는 모릅니다. 하지만 내 마음이 말하네요. 당신은 인자하고 지혜로운 분이라고 말입니다.

난 그러한 당신이 하고자 하는 일을 함께 하고 있다는 사실만으로도 무척 영광스럽습니다.

당신이 하는 모든 일들이 잘 되기를 바랍니다!

당신의 친구, 토니로부터

나는 마우스를 움직여 이메일을 전송했다. 그가 내 편지를 꼭 읽을 수 있을 거라고 확신하면서.

편지에서도 말했듯이 나는 '세 번째 기적의 씨앗'을 모든 친구들에게 보내주었다. 오랫동안 사귄 친구는 물론 어제 알게 된 친구들까지 말이다. 그들로부터 열정에 넘치는 답장을 받았고, 나의 편지함은 예전의 북적거림을 되찾았다.

그리고 난 한 아이에게서도 인상 깊은 편지를 받았다.

친애하는 토니 아저씨께

저도 아저씨의 이야기를 읽었어요.

다음 주 금요일이 제 생일인데, 새로운 천사 이야기를 선물로 주실 수 있나요?

그래서 편지를 보냅니다.

그럼 이만, 안녕히 계세요!

해명 올림

그애의 틀에 맞춘 편지 형식을 보고 나는 웃음을 참을 수 없었다. 그 아이가 누군지 몰랐기 때문에 어디서 내 이야기를 들었는지도 알 수 없었다. 하지만 거절할 수 없는 부탁이었다. 어쨌든 내가 하기로 한 일이자, 해야 할 일이었으니까……

나는 아이에게 답장을 썼다.

"마침 어느 학교 선생님으로부터 다음 주에 학생들을 위한 강연을 해달라는 부탁을 받았단다. 내가 너에게 보낼 천사 이야기는 바로 그날 내가 강연하게 될 내용이니, 너도 좋아하길 바란다. 그리고 네게 도움이 되었으면 좋겠구나."

일주일 후, 나는 약속대로 학생들 앞에 섰다. 짧은 소개
후 '네 번째 기적의 씨앗'을 이야기하기 시작했다.

생각

한 총명한 소녀가 있었다. 소녀는 항상 부모에
겐 사랑을, 선생님에겐 칭찬을, 친구들에겐 인정을
받는 아이였다. 소녀를 아는 사람은 누구나 장래가 촉망되
는 아이라는 말을 아끼지 않았다. 아이는 자라 부모와 주위
사람들의 기대에 어긋나지 않게 성공한 여성이 되었다.

여러 잡지사와 신문사 기자들이 몰려든 기자회견장에서
였다. 기자들은 대부분 그녀에게 어떻게 해서 그런 성공을
거둘 수 있었는지 그 비결을 물었다. 거의 모든 사람들이 그
녀가 이룬 성공의 첫째 요건을 어려서부터의 학업 성적이라

고 여기고 있었기 때문에, 자연스레 취재의 초점도 거기에 맞춰져 있었다.

평소 그녀를 존경해온 한 소녀가 두툼한 일기장을 들고 와서 그녀에게 사인을 청했다. 여자아이는 매일 일기를 쓸 때마다 언젠가 일기장에 그녀의 사인을 받고야 말겠다고 다짐했었다고 말했다. 그녀는 야무진 소녀의 이야기에 웃음으로 화답하며 기꺼이 사인을 해주었다.

머리 위를 맴돌고 있는 천사의 존재를 아는지 모르는지, 그녀는 잠시 동안 곰곰이 생각에 잠겼다. 그러더니 어릴 때 이야기를 꺼냈다.

"제가 여기서 여러분에게 제 성공담을 말하게 된 이상, 당연히 아무것도 속여선 안 되겠죠. 지금 제가 하려는 이야기는 지금까지 한 번도 공개한 적이 없었습니다. 아주 비밀스러운 이야기라서가 아니라, 그 일이 제게 얼마나 큰 영향을 끼쳤는지 확신할 수 없었기 때문입니다.

하지만 방금 전에 저 소녀가 제게 사인을 해달라며 펼친 일기장을 봤을 때, 어렸을 적 그 일이 제게 얼마나 큰 변화를 가져다주었는지 깨달을 수 있었습니다. 또한 그 일 덕분에 제가 오늘날 성공을 거둔 한 사람으로서 여러분 앞에 이렇게 서 있게 된 것 같군요."

사람들은 모두 호기심 가득한 눈빛으로 조용히 그녀의 이야기를 들었다.

"제가 열세 살 때였어요. 아버지가 직장을 옮겼기 때문에 우리 가족은 다른 도시로 이사를 가게 되었죠. 그래서 낡은 책과 가구를 버리거나 다른 사람들에게 주었어요. 이사 가기 전날, 저는 마지막으로 버리려고 모아둔 낡은 책들을 다시 뒤져보았어요. 혹시 갖고 가야 할 물건이 남아 있나 해서요. 그때 일기장을 발견했죠. 몇 장을 훑어보았는데 한 구절이 내 눈에 들어오는 거예요.

'오늘은 나의 일생 중에서 가장 슬픈 하루였다. 영원히 오늘을 잊지 못할 것이다.'

제가 이 년 전 어느 날 쓴 일기였는데, 다만 이 한 줄밖에 없었죠. 도대체 무슨 일이 영원히 잊지 못할 만큼 절 그렇게 슬프게 했는지 기억하려고 해봤지만, 아무리 되짚어 생각해봐도 기억나지 않았습니다. 그래서 뒷장을 더 펼쳐보았습니다.

'이런 행복한 느낌은 평생 잊지 못할 것이다.'

마찬가지로 무슨 일이 절 그렇게 행복하게 했는지 전혀 기억나지 않았어요. 그리고 또 이런 일기도 있었지요.

'내게 그렇게 심한 말을 하다니! 정말 미워 죽겠어. 이제부턴 그애에게 알은체도 하지 말아야지!'

일기장에 쓰인 그애가 누구인지는 금세 알았죠. 지금 저와 가장 절친한 친구이니까요.

전 그날, 일기장을 들여다보며 이런 생각을 했습니다. 내가 한 글자 한 글자 쓸 때마다 내 마음을 얼마나 확신하고 있었던가!

그날 저는 점심도 거른 채 오후 내내 방 안에서 추억을 들춰보고 있었어요. 마치 닫혀 있던 마음의 문들을 열쇠로 하나하나 여는 느낌이었죠. 어머니가 걱정스러워서 방문을 열어보실 때까지 계속 제 생각에만 빠져 있었습니다.

저녁 먹을 때 부모님이 나누시는 얘기를 얼핏 듣게 되었습니다. 당시 아버지의 인사이동은 아버지가 원한 것이 아니었어요. 실제로 아버진 익숙한 환경과 이웃을 떠나고 싶지 않으셨던 거예요. 아버지는 인사이동을 당신을 늘 시기

해온 직장 동료가 꾸며낸 일이라고 단정하시기까지 했습니다.

그때 저는 제가 무슨 말을 하는지 알지도 못한 채 그냥 오후에 생각했던 대로 말했죠.

'아빠, 그게 정말 누가 꾸며낸 일이라는 걸 확신할 수는 없는 거잖아요. 실제로 그분이 꾸며냈다는 확실한 증거도 없고요.'

그러자 아버지는 약간 화를 내려다가 점잖게 타이르셨죠.

'애야, 넌 어른들 세계에서 어떤 일이 벌어지는지 절대 모른단다.'

제가 많은 걸 알지 못하는 것은 인정했어요. 하지만 아버지가 그런 식으로 타인과 세상을 오해하시는 걸 보고만 있을 수는 없었습니다. 저는 아버지에게 오후에 있었던 일, 일기장을 보았던 일을 말씀드리고서 이렇게 덧붙였어요.

'아빠도 저처럼 지금은 그럴 거라고 확신했던 일이, 조금만 지나고 나면 사실 그렇지 않았다는 걸 알게 되실 수도 있잖아요.'

그 말을 하고 났을 때 아버지가 기특하다는 듯 저를 바라보시던 눈빛이 생생합니다.

그날 일을 떠올리면 지금도 흐뭇합니다. 그 낡은 일기장에도 감사하고 제 아버지께도 감사하죠. 저 스스로를 깨우칠 수 있는 기회가 되었으니까요. 여러분도 이 이야길 오래 기억하셨으면 합니다.

제 학업 성적은 우수한 편이긴 했지만, 항상 저보다 더 우수한 아이들이 있었죠. 하지만 지금 저의 인생성적은 그들을 능가한다고 자신합니다.

제가 하고 싶은 말은 이거예요. 제 성공에는 많은 원인이 있지만 제가 지금 여러분께 말씀 드린 일이 가장 크고도 중요한 이유라는 것. 그날의 경험을 통해 언제나 결론을 내리기 전에 한 번 더 다시 생각해봐야 한다는 사실을 깨닫게 되었고, 이러한 깨달음이 그 후의 내 선택과 결정에 큰 영향을 미치게 되었거든요."

한 번 더 생각하세요

한 번 더 생각하세요. 이번엔 눈이 아닌 마음으로 보세요. 아름다운 꽃송이 아래엔 가시가 있지 않던가요? 낡은 옷에 감추어진 고귀한 영혼도 있지 않던가요? 흉측한 얼굴의 야수에게도 선한 마음이 있지 않던가요? 이제 우리는 눈으로 보는 것이 전부가 아니라는 것을 알아야 합니다. 그러니 한번 더 생각해봐야 합니다.

한 번 더 생각하세요. 당신이 법관이나 심판관이라고 상상해보세요. 당신의 대답이 판결이 되고, 당신의 마음 하나로 한 사람의 성공과 실패, 그리고 생사가 결정됩니다. 그러니 너무 서두르지도, 쉽게 판단내리지도 마세요.

한 번 더 생각하세요.
당신은 지금, 가장 완벽하고
아름다운 인생의 답을 찾는 중이니까요.

한 번 더 생각하세요. 당신은 당신 삶의 온전한 주인이어야 합니다. 아무도 당신에게 정답을 주지 않고, 아무도 당신을 이끌어주지 않을 거라고 가정해보세요. 심지어 사람들은 당신이 어떤 사람인지, 무엇을 하는지에도 아무 관심이 없습니다. 당신은 지금 난생 처음으로 스스로 답을 찾으려고 애쓰는 중입니다. 그러니 천천히 생각하세요. 당신 인생에서 가장 중요한 페이지를 채우고 있는 중이니까요.

|

이야기가 끝났는데도, 수십 개의 눈동자들이 나를 향해 고정되어 있었다.

"이 이야기는 내가 해명이라는 아이의 부탁으로 쓴 것이란다. 그애의 생일 선물로……."

아이들이 갑자기 술렁이기 시작했다. 한 아이가 외쳤다.

"얘가 바로 해명이에요!"

얼굴이 동그스름한 남자아이가 일어나서 기쁜 얼굴로 나의 놀란 표정을 바라보았다. 정말 즐거운 우연이 아닐 수 없었다.

이어서 나는 아이들에게 이야기 속 주인공과 같은 경험이 있었는지 물었다.

"혼자서 한참 동안 생각한 끝에 무언가를 깨닫게 된 경험이 있니?"

많은 아이들이 대답했다. 그 중에서 가장 인상 깊었던 건 한 여자아이의 대답이었다.

설날을 앞둔 어느 날이었다. 아이는 친구들과 자기들만의

파티를 열었다. 아이들은 교실을 예쁘게 장식하고 책상을 붙여놓고 집에서 싸온 음식도 차렸다. 다음날부터가 연휴였기 때문에 아이들은 늦은 시간까지 신나게 놀았다. 함께 노래를 부르고 춤도 췄다. 정답게 이야기를 나누다가 재미있는 게임을 하기도 했다.

보통 때보다 늦게 집에 돌아간 여자아이는 책가방을 교실에 두고 왔다는 사실을 깨달았다. 그 시간에 혼자 가방을 찾으러 가기는 무서웠다. 그래서 아이는 아버지의 손을 잡고 다시 학교로 향했다.

조금 전까지 친구들과 떠들썩하게 놀던 교실로 들어섰다. 먹고 남은 음식 찌꺼기와 바람 빠진 풍선만이 휑한 교실에 흩어져 있었다. 어둠침침한 교실 안 풍경은 황량하고 쓸쓸하기만 했다. 아이는 갑자기 울음이 터져 나오려는 걸 가까스로 참았다.

"그래, 그래서 그때 뭘 깨달았니?"

심성이 여린 그 여자아이에게 조심스럽게 물었다.

"그날부터는 아주 기쁜 일이 있거나 즐거울 때에도 잠시 후면 이 모든 게 끝난다고 생각하게 되었어요. 그래서 쉽게 자만하거나 우쭐대지 않았죠. 반대로 슬프거나 화가 나거나 힘들 때에도 그것 역시 곧 지나갈 거라고 생각하며 견뎠어요. 그러면 얼마 지나지 않아 다시 기쁨이 찾아오곤 했죠."

그때까지도 내게 생일선물을 청했던 해명이는 한 마디도 하지 않고 있었다. 나 역시 그 아이에게 무얼 느꼈느냐고 굳이 묻지 않았다. 묻지 않고 말하지 않아도 그애에게 나의 진심이 가닿았을 거라고 믿었기 때문이다.

그날 저녁, 나는 편지함에서 해명이가 보낸 편지를 발견했다. 그애는 자신이 겪었던 일을 편지에 적어서 내게 보낸 것이었다.

수학 선생님은 숙제검사를 할 때마다 잘한 아이들의 노트한 귀퉁이에 칭찬의 의미로 붉은 꽃 도장을 찍어주었다. 아이들은 붉은 꽃 도장을 받는 것을 큰 자랑으로 여겼다. 해명역시 붉은 꽃이 찍힌 노트를 다른 아이들 앞에 펼쳐 보이며 호들갑스럽게 우쭐대기도 했다.

어느 날 해명은 교실에 남아서 청소를 하다가 교탁 한쪽 서랍 안에서 붉은 인주를 발견했다. 그 옆에는 작은 꽃 모양이 새겨진 고무도장도 있었다. 호기심에 찬 아이는 고무도

장을 들어서 손바닥에 한번 찍어보았다. 그랬더니 한 송이 아름다운 붉은 꽃이 찍히는 것이 아닌가. 아이는 오래도록 고무도장과 인주를 갖고 놀았다. 어느새 손바닥에는 붉은 꽃이 가득했다.

해명은 마지막으로 편지에 이렇게 썼다.

"그날 이후, 선생님께 꽃 도장을 받고 기분이 너무 좋아 아이들에게 자랑하고 싶을 때마다, 이건 꽃 모양 고무도장에다 붉은 인주를 묻힌 것에 불과하다고 되뇌었어요. 그러면 꽃 도장을 받은 사실이 기쁘긴 했지만 그전처럼 남보다 특별하다는 생각은 들지 않았어요. 전 그 일을 겪으며 겸손해진 것 같아요. 선생님도 그렇게 말씀하셨고요."

아이는 자기가 왜 교실에서 이 이야기를 하지 않았는지를 설명했다. 선생님께서 들으시면 기분 나빠하실 것 같아서였다고 했다. 그리고 말할 필요도 없이, 편지의 끝맺음은 여전히 상투적인 "그럼 이만, 안녕히 계세요"였다.

나는 웃음을 지으며 즉시 답장을 썼다.

"꾸지람을 듣는 것도 마찬가지란다. 그냥 못생긴 작은 고무조각에 검은 인주를 묻힌 것이나 다름없지. 칭찬 앞에서

건 꾸지람 앞에서건 언제나 네 자신을 잃지 말아야 한다."

편지를 다 쓴 나는 일어나서 손수건을 끼워둔 책을 꺼내서 펼쳐보았다. 손수건은 여전히 깨끗한 상태 그대로 거기에 있었다. 난 손수건 위에 새겨진 글자를 보면서 마음속으로 생각했다.

'혹시……'

나는 컴퓨터를 켜고 편지함을 열어서 그 익명의 친구에게 편지를 보냈다.

그리운 당신에게

천사 이야기는 계속되고 있습니다. 난 천사 이야기를 다른 사람들에게 들려줄 때마다 언제나 그 이상의 보답을 받게 된다는 사실을 알게 되었습니다. 내 마음도 점점 풍요로워지는 것 같고요. 물론 내가 겪은 이야기, 내가 하는 이야기들을 의심하는 사람들도 있지만, 난 개의치 않습니다. 왜냐하면 당신이 내가 하는 모든 일을 지켜보고 있다는 걸 알기 때문입니다.

하지만 내 친구여, 당신이 누구인지 너무나 알고 싶군요!

당신의 친구, 토니

나는 편지를 보내고 생각에 잠겼다. 그는 지금쯤 이 편지를 읽고 있을까? 혹시 이 모든 것이 오해에 불과한 것은 아닐까? 아니면 장난치기 좋아하는 친구가 꾸며낸 못된 장난인가? 혹은 단순히 바이러스에 감염된 컴퓨터 고장인가? 나는 오래도록 생각했다. 하지만 어쨌든 나는 '다섯 번째 기적의 씨앗'을 구상하기 시작했다.

며칠 후, 서점에서 집으로 돌아오는 중이었다. 스산한 바람이 불던 저녁 무렵이었다. 발길이 그 여자아이를 만났던 곳에 이르자, 내 앞을 막아서던 아이의 모습이 뚜렷이 눈앞에 떠올랐다. "그 천사는 지금 어디 있나요?"라고 묻던 아이의 영롱한 목소리도 생생했다.

'그 아이는 지금 어디 있을까?'

나는 고개를 들고 길 위를 오가는 차들을 멍하니 바라보았다. 그때였다. 내 앞을 지나가던 한 작은 자동차의 내려진 창 너머로 달콤한 웃음을 짓고 있는 얼굴이 보였다. 세상에! 내게 손수건을 준 여자아이였다. 나는 그 자리에 뿌리박힌 듯 한 발도 떼지 못했다. 차는 순식간에 멀어져갔다. 난 벼

락을 맞은 듯 멍하니 서 있다가 한참 후에야 정신을 차렸다.

집에 돌아오자마자 서랍에서 그 손수건을 꺼내 들었다. 손
수건을 손바닥에 올려놓고 한동안 들여다보았다. 내게 '세
번째 기적의 씨앗'을 보내온 친구와 그 여자아이 사이에 뭔
가 연관이 있다는 예감이 강렬하게 마음속을 휘저었다.

저녁식사 후 나는 멀리 있는, 그 알 수 없는 친구에게 편
지를 보냈다.

친애하는 벗에게

곤혹스럽고 의심이 들 때마다, 당신은 제게 마음의 힘과 믿
음을 주었습니다. 오늘 또 한 번 마주친, 아름답게 웃던 그 작
은 얼굴이 바로 당신이 내게 보낸 선물이라고 믿습니다. 영원
히 그 모습을 마음속에 간직할 겁니다.

진심으로 고맙습니다.

당신의 친구,토니

감격스러운 마음으로 나는 '다섯 번째 기적의 씨앗'을 써
내려갔다.

격려

아이에게는 성공한 아버지가 있었다. 박학다식했고 기품 있는 분이었다. 대기업의 고급 간부였기 때문에 고액 연봉을 받았고, 사람들로부터 존경도 받았다. 이런 아버지가 있으면 누구나 다 자부심을 느낄 터였다. 아이 역시 그랬다.

아이가 학교에서 수업이 끝나고 집으로 돌아갈 때면, 아버지는 멋있는 차를 몰고 와서 아이를 태워가곤 했다. 그때마다 친구들은 부러움 가득한 시선으로 아이를 쳐다보았고, 아이는 자기도 모르게 으쓱해졌다. 선생님들도 아이의 아버지를 특별히 존중했고, 심지어 어떤 선생님은 아버지가 쓴 책을 들고 와서 사인을 청하기도 했다.

아이의 눈에는 세상에서 아버지가 할 수 없는 일이란 아무것도 없는 듯이 보였다. 아이가 생각하기에 아버지의 사전 속에는 성공, 매력, 자신감이란 단어만 있을 뿐 실패, 좌절, 낙담이라는 단어는 존재하지 않는 듯했다.

어느 날이었다. 아버지는 평소보다 이른 시간에 나가면서 어머니에게 오늘은 바빠서 아이를 데리러 갈 수 없다고 했다. 그런데 마침 아이의 어머니에게도 그날 중요한 약속이 있었다. 어머니는 서비스 회사에 전화를 걸어 방과 후 아들을 집으로 안전하게 데려다달라고 부탁했다.

수업이 끝나자 서비스 회사 직원이 아이를 데리러 왔다. 차에 오른 아이는 문득 이런 생각을 했다.

'그동안은 계속 아버지가 날 데리러 오셨으니, 오늘은 내가 아버지를 모시고 집에 가보는 건 어떨까?'

아이는 그 생각을 하자 갑자기 설레기 시작했다. 가슴이 쿵쿵 뛰었다. 아이는 서비스 회사 직원의 차를 타고 곧바로 아버지의 회사로 달려갔다. 가는 동안 아이는 서비스 회사 직원에게 내내 아버지 자랑을 했다.

회사 앞에 차가 다다르자 아이는 당당하게 말했다.

"보셨죠? 이 빌딩 전체가 저희 아버지 회사예요."

그러고는 아주 익숙하게 엘리베이터를 타고 아버지 사무실로 올라갔다. 아이를 알아본 관리인은 미소를 지으며 어서 가보라고 손짓을 했다.

사무실 안은 무척 분주했다. 사람들은 서류를 들고 이리저리 뛰어다니느라 누구 한 사람 아이가 온 것을 눈치 채지 못했다. 아버지의 사무실은 다른 사무실들과는 좀 떨어져 있었다. 아이는 아버지의 사무실 문 앞에 섰다. 문이 약간 열려 있었다. 문틈으로 안을 들여다보았다. 탁자를 사이에 두고 세 사람이 푹신한 소파에 앉아 있었다. 낯선 두 사람의 뒷모습과 아버지의 옆모습이 보였다.

아이는 아버지의 안색이 밝지 않다고 느꼈다. 표정이 무척 굳어 있었고, 평상시의 기품을 가까스로 유지하고 있는 듯 보였다. 아버지의 이마에 땀이 맺히기 시작했다. 아버지는 애써 웃으면서 연신 고개를 주억거렸다.

아버지는 손에 들고 있는 문서를 보며 두 사람에게 무언가를 열심히 설명하고 있었다. 낯선 두 사람이 문서를 살피자 이 틈을 타서 아버지는 재빨리 손수건으로 이마의 땀을 닦아냈다. 한 사람이 고개를 들어 아버지에게 질문을 하자 아버지는 얼른 웃음을 머금고 진지하게 대답했다.

아버지는 왼손을 계속 쥐었다 폈다 했다. 그제야 아이는 긴장할 때 취하는 자신의 습관이 아버지로부터 물려받은 것임을 알게 되었다.

두 낯선 사람은 계속 문서를 살펴보고 있었다. 얼굴에 어색한 웃음을 띤 아버지는 문서를 들여다보다가 다시 두 사람의 안색을 살폈다. 아이는 아버지가 안쓰러웠다.

'저 분이 바로 저의 아버지예요.'

아이는 사무실 안을 들여다보면서 계속해서 속으로 되뇌었다.

드디어 미팅이 끝났다. 그러나 속 시원한 결론에는 다다르지 못한 듯했다. 아버지는 재빨리 몇 걸음 앞서 나와 두 사람을 위해 문을 열었다. 그리고 애써 웃음을 지으면서 그들을 배웅했다. 얼마나 그 두 사람에게 집중했던지, 자신의 아들이 문 옆에 비껴서 있는 것조차 알아채지 못했다.

아버지는 사람들을 배웅하고 돌아왔다. 문 입구에 이르러서야 마침내 아들이 와 있다는 사실을 알았다. 아버지는 피곤해 보였을 뿐 아니라 초췌해 보이기까지 했다.

"오늘은 제가 아버지 마중을 왔어요."

아이의 말에 그는 생각지도 못했던 선물을 받은 것처럼 기뻐했다. 아들이 조금 전 자신의 모습을 다 지켜보았다는 사실을 그는 까맣게 모르고 있었다.

아이의 아버지는 그날 처리하지 못한 일이 많아 늦게까지 회사에 남아야 했다. 그래서 아이는 할 수 없이 처음 계획과는 다르게 혼자 집으로 돌아가게 되었다. 차 안에서 아이는 서비스 회사 직원에게 말하는 것인지 아니면 혼잣말인지 알 수 없게 이렇게 중얼거렸다.

"아버지도 꾸중을 들을 때가 있군요. 그랬군요."

직원이 아이의 말을 듣고 웃으며 말했다.

"그럼 너만 꾸중 듣는 줄 알았니?"

"아버진 제가 무슨 잘못을 저질렀든 일단 저를 격려해주고 나서 다시 자세한 상황을 물으시며 꾸중하셨어요. 늘 저에게 스스로를 믿지 못하는 사람은 영원히 잘못을 고칠 수 없다고 하셨죠."

"그럼 이번엔 네가 아버지를 격려해드리렴."

서비스 회사 직원의 말에 아이는 갑자기 마음이 환해지는 걸 느꼈다.

몇 주가 지났다.

아이의 아버지는 회사에서 소포 하나를 받았다. 아들이 자신에게 보낸 것이었다. 포장을 뜯는 그의 머릿속엔 여러 가지 생각이 스쳐 지나갔다. 집에서 매일 얼굴을 보는 아들이 무슨 이유로 소포를 보냈는지 도무지 알 수가 없었던 것이다.

드디어 선물상자를 열었다. 거기엔 장난감 슈퍼맨이 있었다. 카드도 한 장 들어 있었다.

이 슈퍼맨은 쓰러뜨릴 수는 있어도 절대로 이길 수는 없어요.

아버지, 아버지는 제 마음속에서 영원한 슈퍼맨이에요.

어버이날을 축하해요!

카드를 접어 다시 봉투에 넣는 아버지의 눈시울이 어느새

붉어져 있었다. 이 말은 그가 아들을 격려할 때 했던 것이었는데, 지금은 자신이 아들에게서 똑같은 격려를 받은 것이다. 그 어느 때보다 큰 자부심과 용기가 가슴속에 부풀어 올랐다.

그날은 그들 부자에게 가장 특별한 어버이날이 되었다.

격려의 말
한마디를 전하세요

격려의 말 한마디를 전해보세요. 당신
에겐 사랑받고 위로받을 권리가 있을 뿐 아니라 다른
사람을 사랑하고 위로해야 할 의무도 있습니다. 당신 마음의
창고 안엔 이미 사랑의 선물이 꽉 차 있으니, 이제 그 선물을
나누어줘야 할 때입니다. 들어가기만 하고 나올 줄 모르는 창
고는 결국 썩게 마련이랍니다.

격려의 말 한마디를 전해보세요. 그동안 당신을 위해
비바람을 막아주었던 사람들이 영원히 굳셀 거라고 생각하지
마세요. 그들이 당신에게 주는 사랑이 무한할 거라고 여기지

격려의 말 한마디를 전하세요.
가장 귀한 선물은 이미
당신 안에 있습니다.

도 마세요. 그들도 때로는 당신의 어깨가 필요할 정도로 나약
하다는 사실을 잊지 마세요. 당신의 말 한마디가 그들을 나락
에서 건질 수도 있습니다.

격려의 말 한마디를 전해보세요. 연민을 갖거나 동정
하라는 얘기가 아닙니다. 진심을 다해 격려해주세요. 당신이
그들 곁에 있고, 그들로 인해 자부심을 느끼고 있다는 사실을
알게 해주세요. 그것만으로도 그들은 살아갈 용기와 다시 일
어설 이유를 얻게 될 것입니다.

글쓰기를 마치고 나자, 눈앞에 그 여자아이의 미소 띤 얼굴이 다시 떠올랐다.

나는 언젠가부터 내 마음이 잔잔한 바다처럼 평온해졌음을 깨달았다. 더 이상 불안하지도, 의심스럽지도 않았다. 밝혀지지 않은 그 신비스러운 친구는 도대체 누구일까, 그 여자아이는 정말 나의 환상일까, 그런 궁금증이나 의문은 더 이상 중요하지 않았다.

어쨌거나 난 내가 좋아하는 일, 흥미를 느끼는 일을 하고 있었다. 게다가 그 일은 내가 아는 모든 이들에게 행복과 발전의 계기가 되었을 뿐 아니라 내게도 성취감과 행복을 가득 안겨주고 있었다.

어느 날 저녁, '우연한 만남' 이라는 제목의 대화방에서 네티즌들과 채팅할 때 '신비한 손님' 이라는 아이디의 네티즌이 나와 대화를 요구하는데도 나는 더 이상 신기해하거나 의아해하지 않았다. 그 무렵, 난 내 상식과 지혜로 이해할 수 없는 일이 세상에는 얼마든지 있다는 걸 깊이 체감하고 있었기 때문이다.

"안녕하세요, 오랜만에 들르셨군요."

대화방에 들어간 지 얼마 안 돼서 '신비한 손님'이 내게 인사를 건넸다.

"안녕하세요."

나는 그 대화방에 '영원한 공상'이라는 아이디로 참여했기 때문에, '신비한 손님'이 나의 본명이나 정체를 알 리가 없었다. 먼저 인사를 건네온 게 좀 의아하긴 했지만 더 이상 캐묻고 싶지는 않았다.

'신비한 손님'이 계속 말했다.

"이번엔 공상일지 몰라도 영원한 공상은 없을 겁니다."

"무슨 뜻인지요?"

정말 이상한 사람이라고 나는 중얼거렸다.

"더 이상은 묻지 말아요, 언젠가 다 알게 될 테니까요."

의미심장한 말이었다.

"아마 그렇겠죠. 언젠가 내가 죽게 되면 공상도 자연히 끝날 테니 말입니다. 본래 영원한 공상이란 없는 거니까요."

나는 조금은 무례하게 대답했다.

"그러세요? 하지만 나는 아주 오래 살 텐데. 어쨌거나 당신 말대로 이 공상은 어느 날 반드시 끝날 거예요."

"잠시만, 잠시만요! 먼저 우리가 지금 정말로 같은 일을 두고 이야기하고 있는지부터 확인해야 될 것 같습니다."

"지금 당신의 천사 이야기를 하고 있는 게 아닌가요? 그럼 당신은 그게 공상이 아니라고 생각하는 건가요?"

'신비한 손님'이 말했다.

방금 전까지 그가 누구든 중요하지 않다고 생각해놓고도 '신비한 손님'의 말을 듣자 뛰는 가슴을 억누를 수가 없었다. 그가 누구인지, 어디서 왔는지를 당장 물어보고 싶었다. 그렇지만 가까스로 참았다. 물어보자마자 그가 갑자기 사라져버릴까봐 두려웠다.

그에게 물었다.

"당신도 내가 쓴 이야기를 보셨나요?"

"그래요. 보았고, 그 이야기들을 좋아하지요."

"그럼 방금 전에 당신이 한 얘기는 언젠가 내가 이 이야기를 그만 쓰게 될 거라는 뜻인가요?"

나는 계속해서 물었다.

"당신이 멈추는 게 아니라 그 이야기가 스스로 멈추게 될 거라는 말이죠."

"좀 구체적으로 얘기해주시겠어요? 도무지 무슨 뜻인지 알아들을 수가 없군요."

"그날이 되면 자연히 알게 될 겁니다. 당신이 지금 그저 자신의 일을 했다는 걸."

"어떻게 그걸 알고 있죠?"

이때 컴퓨터 모니터에 한 줄의 글이 나타났다.

"신비한 손님은 이미 대화방에서 나가셨습니다."

그가 사라졌다.

나는 한참 넋이 나가 있다가 대화방에서 빠져나왔다. 새로 쓴 천사 이야기를 친구들에게 보내고는 인터넷 접속을 끊었다.

컴퓨터 앞에 앉아서 천사 이야기를 둘러싸고 일어났던 지난 일들을 하나하나 돌이켜보았다. 어린 여자아이, 인터넷으로 나에게 세 번째 천사 이야기를 보내준 이름 모를 이, 그리고 오늘 인터넷에서 만난 '신비한 손님'…….

생각할수록 미궁에 빠져드는 것처럼 막연하기만 했다. 나는 생각을 멈추고 다시 인터넷에 접속해 편지함을 열었다. 편지함에는 새로운 이메일이 꽉 차 있었다. 하나하나 차례로 읽어보며 간단한 답장을 보냈다. 그중 하나는 아이가 쓴 것 같았다. 이메일 제목이 '친애하는 토니 아저씨께'였다.

저는 해명이와 같은 반이에요. 지난번에 저희 교실에 오셔서 천사 이야기를 해주셨죠?

그때 아저씨께선 우리 생활 속의 어떤 일들이 깊은 생각을 불러일으켜 무얼 깨닫게 했느냐고 물으셨잖아요.

저는 그때 파티가 끝난 후 교실에 들어갔다가 그만 눈물을 흘릴 뻔했던 얘기를 했었는데…….

아, 그 아이구나! 그 민감한 어린 영혼을 잊을 리 없었다. 계속 편지를 읽다 보니 웃음을 참을 수가 없었다.

전 제가 예쁘지 않다는 걸 아주 잘 알아요.

정말이지 전 저희 학교의 예쁜 여자애들이 정말 부러워요.

그래서 잠들기 전에 늘 기도하죠.

내일 아침에 일어나서 거울을 보면 예쁜 공주가 돼 있게 해달라고요.

어젯밤엔 꿈도 꾸었어요.

꿈속에서 아저씨가 저를 위해 천사 이야기를 써주셨는데, 아침에 눈을 뜨니 정말로 제가 예뻐졌어요.

꿈이었지만 그 순간 저는 너무 행복했어요.

나는 얼른 답장을 보냈다.

소나에게

우선 너에게 알려주고 싶은 게 있다. 아저씨 눈엔 소나가 무척 예쁘단다.

언제나 그렇게 많은 천사 이야기가 있는 건 아니란다. 그리고 아저씨가 해준 천사 이야기가 그렇게 신기했니? 그건 우리 마음이 가지고 있는 힘에 대한 이야기란다. 소나도 마음의 힘을 발휘하면 더 행복해질 수 있을 거야.

아래의 짧은 글은 오그 만디노가 쓴 책의 일부인데(오그 만디노 역시 어느 이름 모를 작가의 글에서 인용한 것이란다) 네게 꼭 들려주고 싶구나.

오늘 버스 안에서 금발머리가 하늘거리는 활발하고 귀여운 여자아이를 만났다. 그애는 질투가 날 정도로 예뻤고, 그런 그애가 너무도 부러웠다. 나도 그애처럼 예뻐지고 싶었다. 다음 정거장에서 그애가 내렸다. 심하게 다리를 절며 인도로 올라서는 모습을 보고서야 그애가 장애인이라는 것을 알았다. 그애는 다리가 하나뿐이었고, 목발을 짚고 걸었다. 그런데 그애의 얼굴엔 슬픈 그늘이 보이기는커녕 미소가 가득했다. 하느님! 제 푸념을 용서해주세요. 제겐 건강한 두 다리가 있으니 이 세상이 제 것이나 다름없습니다.

나는 사탕가게에 갔다. 그 집의 남자 판매원은 키도 크고 정말 멋있었다. 내가 갔을 땐 이미 늦은 시간이었는데도 반갑게 맞아주었다. 나는 그와 잠깐 얘기를 나누었는데 그가 매우 즐거워했다. 그리고 내가 그곳에서 나올 땐 "감사합니다. 당신처럼 착하고 친절한 손님과 얘기를 나누어서 아주 즐거웠어요. 사실 전 맹인이거든요" 하고 말했다. 하느님! 제 푸념을 용서해주세요. 제겐 멀쩡한 두 눈이 있으니 온 세상이 제 것이나 다름없습니다.

나는 길에서 파란 눈을 가진 한 남자아이를 만났다. 그앤 길 모퉁이에 기대서서 다른 아이들이 노는 모습을 바라보고 있을 뿐 무엇을 해야 할지 모르고 있었다. 나는 잠시 멈춰 서서 그 애한테 말했다. "애, 넌 왜 친구들과 함께 놀지 않니?" 그앤 대답도 없이 다른 친구들이 놀고 있는 모습을 계속 바라보기만 했다. 그제야 남자아이가 아무것도 듣지 못한다는 걸 알았다. 하느님! 제 푸념을 용서해주세요. 제겐 밝은 두 귀가 있으니 온 세상이 제 것이나 다름없습니다.

내겐 다리가 있어서 가고 싶은 곳은 어디든 갈 수 있다. 내 겐 눈이 있어서 황홀하고 아름다운 노을을 볼 수 있다. 내겐 밝은 귀가 있어서 사랑의 속삭임을 들을 수 있다. 하느님! 제 가 푸념한 것을 용서해주세요.

나는 세상에서 보호받고 있었고, 세상은 나에게 속해 있었 다.(어느 이름 모를 작가의 글)

이제 네가 얼마나 행복한지 알겠지?

아직도 다른 사람이 부럽니?

토니아저씨가

그로부터 보름쯤 후, 나는 출장지에서 비행기를 타고 집으로 돌아오고 있었다.

창밖을 내다보니 하늘은 한없이 푸르렀고 아래로는 층층이 쌓인 구름이 아득히 펼쳐져 있었다.

문득 이런 생각이 들었다.

'멀리 있다고 생각했던 그 신비한 친구가, 사실은 더 가까운 데 있지 않을까.'

나는 즉시 노트북을 꺼내서 새로운 이야기를 써내려가기 시작했다.

목표

　호화로운 빌딩의 최고층에서 이사회의 고위 임원들이 한창 회사의 발전 방향에 대해 논의 중이었다. 그들 사이에 의견 충돌이 있는 듯했다. 논쟁의 초점은 새로운 분야에 대한 투자 여부였다.

　몇몇 사람들은 아주 좋은 기회이니 당연히 투자해야 한다고 주장했다. 반대편 사람들은 기회도 좋지만, 혹시 생길지도 모를 큰 위험을 직시해야 한다고 목소리를 높였다. 오전 내내 논쟁했지만 아무 결과도 얻지 못했다.

　결국 잠자코 듣고만 있던 회장이 입을 열었다. 회장은 백

발의 노인이었지만 매우 정정해 보였다.

"여러분, 점심식사부터 하고 오후에 이 안건에 대해서 다시 토론해봅시다. 식사 전에 잠깐 저의 어릴 적 이야기를 해드리죠. 여러분의 입맛을 돌게 하는 한편, 오후에 있을 토론의 기조가 될 것입니다."

마침 그 회의실 앞을 지나던 천사가 엿들은 회장의 이야기는 다음과 같다.

그때 나는 겨우 열두 살이었고, 부모님과 함께 농촌에서 살고 있었다. 늘 어울려 다니는 아이들이 있었는데, 그중 가장 나이가 많은 아이가 열네 살이었고 어린 아이는 일곱 살이었다.

그때 누가 먼저 이야기를 꺼냈는지는 모르지만, 우리 중에서 대장을 뽑자는 제안이 나왔다. 그랬더니 나이가 많거나 키가 크거나 힘이 센 아이들이 서로 나서서 자신이 대장을 하겠다고 우겨댔다. 나 또한 그 사이에 끼어들어 온종일 아이들과 툭탁거렸다. 날이 저물 때까지 결국 아무런 결론도 얻지 못했다.

마을 입구에는 크지도 작지도 않은, 그러나 꽤 깊은 연못이 있었다. 다음날 다시 만난 우리는 연못 위에 외나무다리를 놓기로 했다. 이쪽 끝에서 연못을 건너 저쪽 끝까지, 연못에 빠지지 않고 그 다리를 건널 수 있는 사람을 대장으로 삼기로 의견을 모았다. 모두들 박수를 치며 좋아했다. 우리는 함께 긴 나무를 구해다가 연못 위에 올려놓았다.

우리는 다리를 놓은 후에야 그 다리를 건너는 것이 얼마나 어려운 일인지 깨달았다! 외나무다리는 우리가 한쪽 다리를 올려놓기만 해도 흔들거렸다. 게다가 다리 위에 올라서고 나서야 다리와 연못 사이의 거리가 꽤나 멀다는 사실을 알게 되었다. 연못은 커다란 괴물인 양 큰 입을 벌리고 우리를 기다리는 듯했다. 바람이라도 불어 수면에 파문이 일면, 연못은 섬뜩한 웃음을 짓는 괴물처럼 보였다. 외나무다리 위에 올라서면 바람에 휩쓸려 그 괴물의 입 속으로 빨려 들어갈 것만 같았다.

결국 오후 내내 외나무다리의 삼분의 일 이상을 건너간 사람은 아무도 없었다. 고작 십여 미터에 불과했는데도 말이다. 모두들 두려웠지만 누구도 그 사실을 인정하지 않았고, 만장일치로 다음날 오후에 다시 모이기로 했다.

나도 마찬가지로 무서웠다. 발을 헛디디거나, 갑자기 부는 바람에 균형을 놓치거나, 외나무다리가 흔들려 연못 속에 빠질까봐, 그래서 아이들의 웃음거리가 될까봐 두려웠다. 하지만 다른 아이들과 마찬가지로 나 역시 두려움을 시인하기 싫었다.

다음날, 평소보다 일찍 일어난 나는 아이들 몰래 다리 건너기 연습을 하려고 집을 나섰다. 논두렁을 지나고 있는데 몇몇 마을 어른들이 커다란 마른 풀 더미를 지고 맞은편에서 걸어오고 있었다. 나는 얼른 한쪽으로 비켜서서 길을 내주었다. 어깨에 짊어진 풀 더미가 너무 커서 옆이나 뒤쪽을 볼 수 없게 그들의 시선을 가로막았다. 그들은 한 줄로 늘어서서 한곳을 향해 똑바로 걸어가고 있었다.

그 대열의 가장 끝에는 정정해 보이는 할아버지가 걸어오고 있었는데, 앞서 걷던 사람들에게 활기찬 목소리로 이렇게 외쳤다.

"두리번거리지 말고 앞을 보게!"

나는 고개를 숙여 그들이 걸어간 발자국을 보았다. 놀랍게도 발자국이 찍힌 너비는 외나무다리의 너비도 채 되지 않았다.

오후가 되자 아이들이 모두 연못에 모였다. 그러나 그날도 늦게까지 아무도 다리 건너기에 성공하지 못했다. 가장 대담한 아이가 멀리까지 걸어가긴 했지만, 결국 연못으로 떨어지는 바람에 우리는 배꼽을 쥐고 깔깔대며 웃었다.

나도 다시 한 번 시도해보기로 했다. 외나무다리 위에 올라선 나는 앞을 내다보면서 마음속으로 아까 만났던 할아버지의 말을 되뇌었다.

"두리번거리지 말고 앞을 보자! 두리번거리지 말고 앞을 보자!"

외나무다리가 약간씩 흔들렸다. 이미 중간까지 걸어간 나는, 숨을 깊게 들이쉬고는 내가 다다라야 할 연못 저편을 바라보며 당당하게 나아갔고, 마침내 순조롭게 맞은편 땅에 발을 내려놓을 수 있었다.

그 승리의 소년이었던 백발의 회장은 자신의 이야기를 이렇게 마무리했다.

"그때 저는 난생 처음으로 리더가 되었습니다. 제겐 정말 중요한 경험이었지요. 지금 우리는 그 다리 앞에 서 있습니다. 모험과 난관은 늘 존재하는 것이기에 눈앞에 놓인 그것을 보고도 못 본 척할 수도 없고, 그렇다고 멀리 돌아가기에도 시간이 많지 않습니다. 하지만 이 순간 우리는, 우리가 함께 다다라야 할 곳이 어디인지를 알고 있습니다. 저는 여러분이 어린 시절의 제가 그랬듯, 흔들림 없이 우리의 목표를 향해 나아갈 수 있었으면 좋겠습니다."

회장의 말을 들은 임원들은 서로를 바라보며 웃었다.

점심식사 후에 이뤄진 회의에서 투자를 하자는 결론이 내려졌다. 이후 회사는 성장을 거듭해 최고로 성공적인 회사 중 하나가 되었다.

갈 곳을
바라보세요

고개 숙인 채 걷지 마세요. 그렇다고 주위를 두리번거리며 걷지도 마세요. 당신의 모든 에너지를 목표를 향해 나아가는 데 집중해야 합니다. 힘들고 두려운 순간도 있겠지요. 주저앉고 싶을 때도 있겠지요. 그럴 때일수록 고개 들어 당신이 갈 곳을 바라보세요.

당신이 목표한 곳에 도착했을 때의 기쁨을 상상해보세요. 그 큰 두려움과 절망을 극복하고 나면 몇 배나 더 큰 성취감을 얻게 될 것입니다. 그것이야말로 이 세상 무엇과도 바꿀 수 없는 진정한 기쁨이겠지요.

당신이 갈 곳을 바라보세요. 당신의 꿈과 목표를 적어

고개 들어 당신이 가야 할 곳을
바라보세요. 언젠가 당신은
그곳에 서 있을 것입니다.

눈에 잘 띄는 곳에 붙여두는 건 어떨까요. 마음 깊은 곳에 있

는 가장 간절한 소원이 당신에게 힘과 용기와 의지를 가져다

줄 것입니다.

｜

이 천사 이야기는 마치 나 자신을 위해 쓴 것 같았다. 나는 예전부터 잡지사를 꾸려보고 싶었다. 그 목표를 실현하기가 얼마나 어려운지 알면서도 말이다. 하지만 그 목표로 인해 내 생활은 희망으로 가득 찼고, 나는 더욱 성실해졌다. 꿈을 실현하기 위해 더 자주 글을 쓰게 되었고, 더 많은 사람과 만나기 위해 노력했다. 그리하여 내겐 좋은 친구들이 많이 생겼다. 물론 그 '신비한 친구'까지 포함해서 말이다.

친구들에게 이 이야기를 보내주고 나서 어느덧 열흘이 지났다. 회사에서 집으로 돌아온 나는 우편함에 꽂힌 작은 편지봉투 하나를 발견했다. 광고성 전단지나 전화요금 고지서일 거라고 생각했다. 그래서 아무 생각 없이 휙 꺼내 보았는데 아주 오래된 편지봉투였다. 요즘 같은 때 그런 편지봉투를 쓰는 사람은 극히 드물었다. 게다가 편지봉투에 적힌 필체는 내가 알고 있는 필체가 아니었다. 가슴이 두근거렸다.

나는 편지를 손에 꼭 쥔 채 한달음에 서재로 들어갔다. 편지봉투를 뜯어보았다.

저를 위해 기적을 만들어주세요.

단 한 줄이었다. 매우 급하게 쓴 편지인지 글씨가 조잡하고 거칠었다.

편지봉투를 다시 살펴보았다. 어찌된 일인가? 우표가 없었다. 소인도 여태 한 번도 보지 못했던 것이었는데 알 수 없는 문자가 찍혀 있었다.

나는 얼른 컴퓨터를 켜고 인터넷에 접속했다. '우연한 만남'이라는 대화방으로 들어갔다. 평소 그렇게 떠들썩하던 대화방엔 한 사람도 들어와 있지 않았다. 나는 멍하니 앉아 있다가 대화창에 "저를 위해 기적을 만들어주세요"라고 쓰고는, 깜빡이는 커서를 오래도록 바라보았다.

나는 내가 무엇을 바라는지 잘 알고 있었다. 하지만 내가 바라는 일은 현실에서 결코 이루어지지 않을 거라는 사실 또한 잘 알고 있었다. 그런데도 나는 또 한 번 "저를 위해서 기적을 만들어주세요"라고 썼다.

얼마나 지났을까? 몇 초인 것도 같고 몇 분인 것도 같았다. 대화방에 드디어 누군가 들어왔다. 너무 긴장했던 나머지 그의 이름도 미처 살피지 못했다. 정신을 차렸을 때 대화 창에는 이런 구절이 남겨져 있었다.

"제게 편지를 보내주세요. 제 손을 잡아주세요."

일말의 지체도 없이 얼른 컴퓨터를 끄고 연필을 찾아 쥔 나는, 누군지도 모르는 사람에게 편지를 쓰기 시작했다.

아주 오랜만에 연필로 종이에 글을 썼다. 처음엔 조금 낯설었지만 예상 외로 아주 빨리 술술 써내려갈 수 있었다.

양심

천사는 천상세계 한구석에서 씨앗 한 알을 발견했다. 그 씨앗은 오래도록 싹 트지도 썩지도 않았다. 천사는 신의 문서를 훑어보고 나서야 씨앗이 왜 거기에 떨어져 있게 되었는지 알게 되었다.

아주 오랜 옛날, 우연한 사고로 인해 마음의 씨앗 한 알이 신의 손가락 사이에서 미끄러져 나와 지상에 뿌려지지 못하고 천상에 남게 된 것이었다. 이런 씨앗은 신들이 사람의 마음에 뿌려주어야 싹틀 수 있었다. 하지만 신의 문서에는 이 씨앗이 과연 악한 꽃으로 필 것인지 선한 꽃으로 필 것인지에 대해서는 언급이 없었다.

어느 날, 구름 사이를 노닐던 천사는 지상의 풀밭에서 한 남자아이가 즐겁게 뛰놀고 있는 것을 보았다. 천사는 한참 동안 아이를 지켜보았다. 천사는 씨앗을 그 아이의 마음에 심어주기로 결심했다.

"이번엔 운명의 신이 선과 악을 결정하도록 해야겠군."

천사는 가볍게 날아가서 아이의 마음에 씨앗을 심었다. 아이는 온 마음을 기울여서 하늘 높이 올라가는 새들을 바라보고 있었다. 천사는 그 씨앗이 재빠르게 싹터서 아이의 마음을 완전히 차지하는 걸 보았다.

"도대체 어떤 씨앗일까?"

천사는 아이의 눈을 뚫어지게 쳐다보았다.

아이는 날아가는 새들을 올려다보고 있었다. 그런데 갑자기 아이의 마음에 새 한 마리를 갖고 싶다는 욕망이 생겨났다. 새를 손에 쥐고 자세히 관찰하면서 갖고 놀고 싶었다. 간절했다. 아이는 어떻게 새를 잡을까 생각하다가 돌 하나를 골라 새들을 향해 던졌다. 놀란 새들은 퍼덕대며 사방으로 흩어져 날아갔다.

"아, 하필이면 탐욕의 씨앗이었구나!"

절망한 천사는 탄식했지만, 호기심에 차서 남자아이를 계속 지켜봤다. 아이는 어디선가 비닐주머니와 실 한 타래, 그리고 과자 부스러기가 담긴 종이 봉지를 들고 왔다.

아이는 과자 부스러기를 사방에 뿌렸다. 새들은 방금 전 아이의 행동을 잊고 땅 위에 널려 있는 과자 부스러기를 쪼아 먹었다. 그러자 아이는 비닐주머니를 작은 나무 막대기에 고정하고는 그 안에다 과자 부스러기를 조금 뿌려놓고 실을 나무 막대기에 묶었다. 천사는 금세 아이가 무슨 짓을 하려는지 알 수 있었다.

"교활하기 짝이 없는 작은 악마로군."

아이는 멀리서 실끝을 쥔 채 새 두 마리가 점차 자신이 설치해놓은 함정으로 다가오는 것을 지켜보고 있었다. 새들은 비닐주머니 밖에서 이리저리 뛰어다닐 뿐 함정 안으로 들어가 과자 부스러기를 먹을 엄두는 못 내고 있었다. 잠시 후 새 두 마리가 서로 작은 소리로 상의를 하더니 끝내 먹이의 유혹을 참지 못하고 함정 안으로 들어섰다. 두 마리는 즐겁게 먹이를 먹으면서 지지배배 울어댔다. 작고 검은 눈엔 경

계심이 완전히 사라지고 즐거움만 가득했다.

천사는 이상하다는 생각이 들었다. 아이가 왜 이 좋은 기회를 놓치고 있는지 도무지 알 수가 없었다.

아이의 눈빛에 변화가 생겼다. 아이는 두 마리 새를 쳐다보느라 정신이 없었다. 새들은 너무나 행복하고 편안해 보였다. 이때 하늘이 무너진다면 새들은 어떻게 될까? 아마 모든 행복이 일시에 극도의 공포와 혼란, 고통으로 뒤바뀔 것이었다.

언젠가 아이는 밖에서 친구들과 즐겁게 놀다가 유쾌한 마음으로 집으로 돌아간 적이 있었다. 집 안에 들어서니 온통 난장판이었다. 어머니는 마룻바닥에 주저앉아 흐느끼고 있고 아버지는 어디로 갔는지 보이지 않았다. 또 부부싸움을 한 것이 분명했다. 아이는 천당의 달콤한 구름 위에서 한순간 지옥의 불구덩이로 떨어진 것만 같은 느낌이었다. 그 기억은 시간이 가도 잊혀지지 않았다.

그런데 지금, 이 두 마리의 새는 그날 집으로 돌아가기 전의 자신과 얼마나 똑같은가!

아이는 그날의 기억을 떠올리며 세상의 모든 기쁨이 절망

으로 바뀌는 일이 얼마나 한순간에 일어나는 일인지 새삼
깨달았다.

　'이 두 마리 새는 얼마나 귀여운가? 윤기가 흐르는 아름
다운 빛깔의 털, 지저귀는 소리……. 저 새들의 행복을 내가
앗아서는 안 된다!'

　아이의 작은 손엔 계속 실이 감겨 있었다. 지금 그냥 뒤로

당기기만 하면 식은 죽 먹듯이 두 마리 새를 손에 넣을 수 있었다. 그러나 아이는 자리에서 벌떡 일어났다. 그 기척에 깜짝 놀란 새들은 날개를 퍼덕이며 하늘로 날아올랐다. 아마 새들은 자신들에게 무슨 일이 일어날 뻔했는지를 영원히 알 수 없을 것이었다.

아이는 조금은 아쉬운 듯 멀리 날아가는 새들을 바라보았

다. 하지만 아이의 얼굴에는 편안한 웃음이 어려 있었다. 방금 전에 그 새들을 잡았다면 잠시 만족스러웠을 테지만 분명히 오래도록 후회했을 거라는 것을 아이는 어렴풋하게나마 알고 있었던 것이다.

아이는 후회할 일을 하지 않았다. 하늘의 구름, 땅 위의 풀과 나무, 그리고 날아가는 새들을 바라보면서 콧노래를 흥얼거렸다. 우연히 그 앞을 지나가던 아주머니가 아이에게 말했다.

"뭐가 그리 좋으니? 어쨌든 내 기분도 덩달아 좋아지는구나."

천사는 아이의 이마에 살포시 입을 맞추고는 다시 하늘로 올라갔다. 천사의 노랫소리가 천상세계에 울려 퍼졌다.

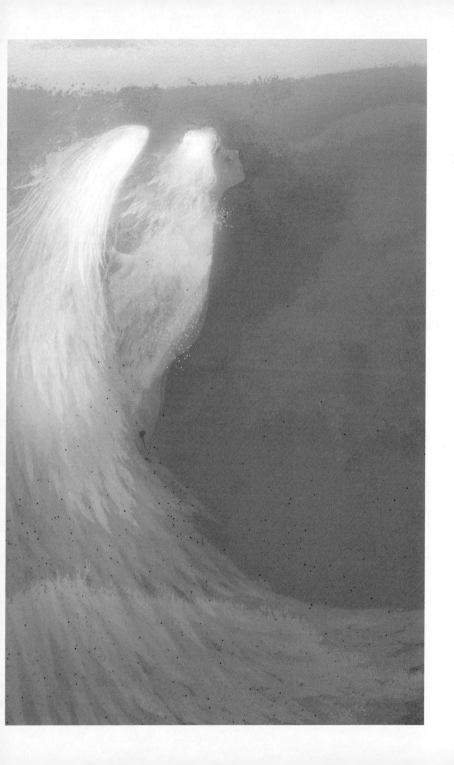

차마 할 수 없는
일이라면 하지 마세요

차마 할 수 없는 일이라면 하지 마세요. 당신의 마음을 가만히 들여다보세요.

작은 풀 한 포기 짓밟히는 일에도, 집 잃은 새가 빈 들판에서 우는 소리에도 당신 마음은 슬퍼질 겁니다.

당신은 어떤 생명이든 그것의 행복을 빼앗는 짓은 차마 하지 못할 겁니다.

그렇다면 하지 마세요. 훗날 후회하게 될 일이라면 절대 하지 마세요.

당신은 웃으며 주변 사람들까지 행복하게 해줄 사람입니다. 당신은 곧은 의지와 신념으로 세상을 밝혀나갈 사람입니다.

차마 할 수 없는 일이라면 하지 마세요.
기뻐서 하는 일만이
자신과 세상을 행복하게 만듭니다.

두려움과 게으름을 버리고, 언제나 당신 자신이 기쁨을 느낄

수 있는, 자부심을 가질 수 있는 일을 해야 합니다.

|

나는 어떤 구절도 다듬지 않고 재빨리 이야기를 완성했다. 다시 한 번 읽어볼 새도 없었다. 그런데 편지를 봉투에 넣는 순간, 그만 멈칫했다. 이 편지를 어디로 보내야 하나? 누구에게 보내야 하나?

잠깐 망설이다가 내가 받은 편지의 소인을 보낼 편지봉투에 그대로 옮겼다. 그리고 나도 우표를 붙이지 않기로 했다. 계단을 내려와 재빨리 우체국으로 발걸음을 옮겼다. 그리고 편지를 앞뒤로 한번 돌려보고는 우체통에 넣었다.

'얼마나 황당한 일인가! 내일 아침 잠에서 깨면, 내가 얼마나 우스꽝스럽고도 불가사의한 일을 했는지 깨닫게 되겠지. 그럼 한 번 웃고 말지, 뭐.'

이틀이 지났다. 황당하던 감정은 사라지고 나는 내가 한 모든 일들이 최선이었고, 합리적이었다고 결론 내렸다.

보름이 지났다. 그 사이 나는 최근 20년 이래 처음으로 한 글자도 쓰지 않고 있었다는 사실을 깨달았다. 그 상태로 두 달이 흘렀다. 많은 친구들이 끊임없이 전화해서 안부를 물었다. 내가 두 달 동안이나 그들에게 한 편의 글도 보내주지 않았던 것이다. 그저 잘 있다고, 바쁘다고 그들을 안심시킬 수밖에 없었다.

나는 자신에 넘쳐 있는 듯했지만 속으로는 초조하고 불안했다. 그러면서도 마음을 괴롭혀대는 간절한 기대감을 버리지 못하고 있었다.

언제부턴가는 나 자신이 조금은 우스워 보이기까지 했다. 남에게는 너무도 쉽게 어떻게 하라고 길을 알려주면서 정작 나는 방황하며 기댈 곳을 찾지 못하고 있었다.

그러다가 문득 언젠가 내가 한 아이에게 "도와줄 사람도 없고 두렵기 그지없을 때 그 슬픔을 벗어나는 가장 좋은 방법은 뜻있는 일을 새롭게 찾는 것"이라고 알려줬던 것이 생각났다. 왜 그걸 잊고 있었을까?

꿈에서 계시라도 받은 듯 나는 다음 계획을 세웠다. 더 이상 그런 기다림으로 시간을 낭비할 수는 없었다. 나는 기다림을 고통스런 시달림이 아니라 아름다운 희망으로 바꾸겠다고 다짐했다.

그리고 그 다짐을 즉시 행동으로 옮겼다. 한동안 쌓아놓았던 일을 가장 빠른 속도로 처리했고, 오랫동안 연락하지 않았던 고객들에게 안부 전화도 걸었다. 회의를 소집해 동료들과 그동안 처리하지 못했던 문제들을 풀어갔다. 그렇게 일주일이 지났고, 나는 새로운 갈피를 잡아 다시 정상적인 생활로 돌아왔다.

그러나 간절하면서도 평온한 기다림은 계속되고 있었다.

드디어 왔다!

우편함에 꽂혀 있는 작은 편지를 꺼내 들었다. 두 달 전과
똑같았다. 편지를 꺼낸 나는 얼른 펼쳐보고 싶었지만, 그래
도 편지봉투의 모양을 확인하는 일은 잊지 않았다. 두 달
전의 그 편지처럼 구식 봉투에 이상한 소인이 찍혀 있었고
역시 우표는 없었다.

사춘기 소년이 짝사랑하던 소녀에게서 온 편지를 뜯어볼
때에도 그렇게 현기증을 느끼지는 않을 것 같았다. 이제껏
보지 못했던 다른 세계를 보게 되는 듯한 느낌이었다.

봉투에서 편지지를 꺼낸 난, 너무 놀라 편지를 떨어뜨릴
뻔했다. 편지에 쓰인 필체가 나의 것과 똑같았던 것이다.

선택

"천사여! 그댄 아직도 내게 더 많은 기적을 알려
주려고 하는 것 같은데, 정말 그런가?"

　신들의 왕이 물었다.

"그렇습니다. 높디높은 왕이시여. 더 확실하게 말하
자면 신들의 힘으로 일으킨 기적이 아니라 사람들이 만들어
낸 기적입니다. 저는 인간들의 마음의 소리에 귀를 기울이
면서부터 아주 낯선 힘을 느끼게 되었습니다. 하지만 그것
이 무엇인지는 말로 다 설명할 수는 없습니다. 다만, 그 힘
은 너무 크고 강해서 저는 물론이고 아마 신들의 왕이신 당

신의 힘보다도 더 강대할 거라고 생각합니다.

저는 알게 되었습니다. 아주 나약한 생명체일지라도 정해진 운명을 그대로 받아들이려 하지 않는다는 것, 그 반항과 꿈틀거림은 매우 완고하고 강력하다는 것을요.

저는 새로운 의문을 갖게 되었습니다. 우리가 세상의 주재자로서 세상에 대한 면밀한 설계와 안배를 자랑하지만, 사실은 그 모든 것이 생명 자체의 선택이 아닐까 하는 것이지요."

신들은 모두 아연실색했다. 그들은 긴장한 얼굴로 신들의 왕의 표정을 살폈다.

반나절이 지나서야 신들의 왕이 입을 열었다.

"수만 년 전, 그때도 한 천사가 여기 있었네. 그는 자기가 새로운 짐승을 발견했는데, 글쎄 그 짐승은 우리 신들처럼 생활하고 있을 뿐 아니라 다른 짐승들과는 달리 먹이 때문에 종일 바빠하지도 않는다고 했지. 그는 그 짐승에 인간이라는 이름을 지어주었네. 그의 발견은 우리 신들의 직무에 변화를 주었지. 지금까지도 오래된 신들은 인간이 신의 또 다른 존재방식이 아닐까라고 의심하고 있네. 천사여, 그대

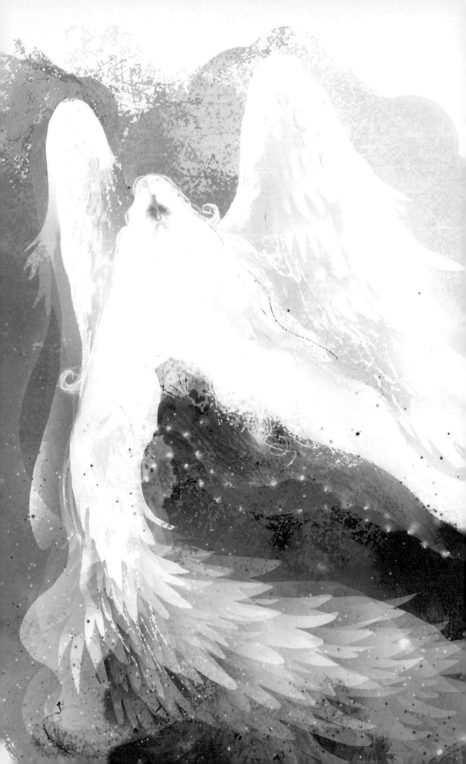

는 내가 말한 그 천사의 운명이 어찌 됐는지 알고 있는가?"

천사의 얼굴이 순간 창백해졌지만 눈빛만큼은 여전히 의연했다.

신들의 왕이 계속해서 말했다.

"이 세계의 비밀을 발견한 그 천사는 천상세계의 평형을 파괴하여 엄청난 재난을 불러오고 말았네."

신들의 왕은 번개처럼 날카로운 눈빛으로 천사를 바라보고 있었다.

"지금 이 세계의 평형은 또한번 하늘의 기밀이 새어나가서 파괴 직전에 놓여 있네. 아마 자네와 나만이 이 재난을 해결할 방법을 알고 있는 듯하네. 천사여, 그대는 어떻게 생각하는가?"

긴 침묵이 흘렀다. 여러 신들이 집결해 있는 천당이 이렇게 조용할 줄은 아무도 몰랐다.

"인간 세상에 있는 한 친구가 우리를 위해 이 모든 것을 해결해줄 수 있을 겁니다."

드디어 천사가 입을 열었다.

"저는 제 영원한 생명을 인간과 신이 교류하도록 하는 데

쓰겠습니다. 저 혼자서 이 모든 것을 감당하겠습니다. 영원
히 신의 자격을 잃는다 해도 말입니다."

여러 신들은 오래도록 침묵하고 있었다.

"존경하는 천사여!"

신들의 왕이 천천히 말했다.

"그것이 유일한 방법일지도 모르네. 그대가 떠나기 전에
하고 싶은 말이 있네. 그댄 신의 신분을 더럽히지 않았네."

용감하게
선택하세요

선택의 여지가 없다면, 피할 수 없는 길이라면 머뭇거리지 마세요.

차라리 먼저 용감하게 선택하세요.

미련이 남을 수도 있겠지요. 버리고 싶지 않은 것도 있겠지요. 당신의 뒷모습을 바라보는 눈물 맺힌 눈동자들과 당신의 이름을 부르는 수많은 목소리들도 있겠지요. 그래도 가야 할 길이라면 의연하게 걸어가세요.

선택의 순간, 당신 깊은 곳에 떨칠 수 없는 두려움이 생길 거라는 사실을 압니다. 하지만 당신 안엔 두려움보다 더 큰 용기가 있습니다.

용감하게 선택하세요.
난 그 순간 당신 곁에서
당신의 마음을 오래도록 바라볼 것입니다.

선택의 순간은 여러 번 오지 않습니다. 선택의 시간은 길지 않습니다.

당신은 하나의 선택을 위해 오직 지금 한 순간을 쓸 수 있습니다.

편지는 여기서 끝났다. 서두도 없고 서명도 없었다.

나는 오래도록 편지를 들여다보며 그 속에 담긴 관계에 대해 생각했다. 내가 정말 다른 세상에서 편지를 받은 것일까? 그렇다면 내가 두 세상 사이의 중개자가 되었단 말인가? 그렇다면 이 일은 언제부터 시작된 것일까?

불안했다. 천사에게 안 좋은 일이 일어날 것만 같은 예감이 들었다.

저녁밥도 먹지 않고 밤늦도록 앉아 있다가 침실로 들어갔다. 잠이 오지 않을 것 같았는데도 아주 달콤한 잠을 잤다. 자고 일어나니 심지어 눈이 맑아져서 사물이 온통 투명하게 보였다.

하지만 그 순간 나는 또 깊은 불안에 빠졌다. 천사의 운명이 몹시 염려스러웠다. 며칠 동안 깊은 잠과 불안이 반복되었다. 그렇게 아무 생각 없이 편안하게 잘 수 있다는 것에 스스로 실망스러웠다. 제대로 잠이라도 못 자면 마음이라도 편할 텐데……

드디어 나는 무엇이든 해야겠다고 결심했다. 그날 오후 나는 제일 좋은 옷을 골라 입고 바로 집을 나섰다.

하지만 도대체 무엇을 해야 좋을지 알 수 없었다. 먼저 회사에 전화해서 며칠간 휴가를 내겠다고 했다. 담당자는 "어디 별 보러 가나?"라고 농담을 했다. 기분이 이상야릇했지만 그냥 실없는 말로 넘겨버렸다.

아무 목적 없이 걸었다. 그런데 어느새 내 발길은 늘 다니던 서점 앞에 놓여 있었다.

서점으로 들어가자 점원이 기분 좋게 인사했다.

"오랜만에 오셨네요."

나도 웃으면서 머리를 끄덕였다.

책을 보면 시간이 빨리 흘러갔다. 얼마나 지났는지, 웅성거리는 소리에 고개를 들었다. 서점엔 몇 사람밖에 남지 않았는데, 나 혼자만 책을 보고 있고 다른 사람들은 한쪽 구석에 모여서 소형 텔레비전을 보고 있었다. 그들 중에는 내가 아는 사람도 있었는데, 눈이 마주치자 그는 나를 불렀다.

"책은 그만 보고 이리 와서 텔레비전 좀 보게나."

나는 책을 있던 자리에 놓고 다가갔다. 텔레비전에서는

한창 생방송을 하고 있었다.

"이름 모를 소행성이 먼 우주로부터 날아와 오늘밤 지구를 스쳐 지나갈 것으로 추정하고 있습니다. 이는 인류가 천체를 관측한 이래 가장 가깝게 지구를 지나가는 것입니다. 수많은 사람들이 산과 넓은 들에 텐트를 쳐놓고 모여서 이 기이한 광경을 목격하려고 합니다. 고대 그리스인들은 이 소행성을 유랑자라고 했습니다. 어떤 알 수 없는 원인으로 인해 원래의 길에서 벗어나 홀로 어둠을 가르며 고독한 우주여행을 오래도록 했기 때문입니다. 이 푸른빛의 이름 없는 소행성이 이제 막 지구에서 가장 가까운 지점에 도달하려고 합니다!"

감격에 들뜬 나머지 아나운서의 목소리가 바들바들 떨렸다. 서점 안팎에선 지붕을 날릴 듯한 환호성이 울려 퍼졌다. 하지만 그 엄청난 환호성 속에서도 나는 서점 밖에서 들려오는 아주 낮은 목소리를 들을 수 있었다.

나는 문을 박차고 뛰어나가 처음 그 여자아이를 만났을 때의 자리에 섰다. 그리고 바로 앞에서 차 사고가 일어난 것을 목격했다. 사람들이 모두 일어서서 환호하고 있던 그 순간, 한 작은 몸이 차에 받혀 위로 솟구쳤다가 땅 위로 뚝 떨어졌다. 사고를 낸 차는 순식간에 온데간데없이 사라져 버렸다.

나는 다급히 다가가 땅에 누워 있는 자그마한 몸을 안아 일으켰다. 그토록 낯익고 아름다운 얼굴을 마주하는 순간, 그녀의 몸에서 흘러나온 피는 천천히 하늘색 치마에 스며들고 있었다.

나의 천사여, 왜 이런 식으로 당신을 만나게 하는가?

|

천사가 남기고 간 손수건

금세 십여 년이 흘렀다.

나는 내 친구들과 그들의 아이들, 그리고 이웃에게 틈날 때마다 천사 이야기를 들려주었다. 그러는 동안 내 마음속 엔 평생 변하지 않을 굳은 신념 하나가 자리 잡았다.

천사 이야기의 발단은 내 의지였지만, 그 후 나와 내 이야 기를 들은 이들에게 일어난 변화들은 아무리 생각해봐도 내 가 의도한 것은 아니었다. 믿거나 말거나, 천사가 영원한 생 명을 잃은 대가로 내게 더 큰 마음의 힘이 생겼다고밖에 달 리 설명할 방도가 없었다.

나는 마음의 힘을 믿었다. 실제로 그 힘은 곁에 있는 사람과 나누면 나눌수록 더 큰 변화와 기적을 일으키곤 했다. 그러므로 나는 천사가 원했던 것처럼, 내가 만나는 한 사람 한 사람의 마음속에 그 힘을 나누어 주어야 했다. 나는 내 입을 통해 나간 천사의 이야기가, 이야기를 들은 모든 사람들을 보호해줄 거라고 믿었다.

난 직업 훈련사가 되었다. 전보다 더 많은 사람과 만날 수 있는 이 직업을 선택하게 된 것도 한순간이었다. 나와 인연이 깊은 그 서점 앞에 서서, 바쁘게 오가는 차량과 행인들을 바라보다가 조용히 결정을 내렸다. 비록 안정되고 편안한 일터를 잃게 되었지만 후회는 없었다.

나는 늘 행복했다. 화목한 가정이 있었고, 가족 모두가 건강했고, 돈벌이도 그만하면 괜찮았으며, 또 친구들과 고객들에게 존경도 받았다. 나는 스스로 정말 복이 많은 사람이라고 생각했다.

밤이 깊으면 혼자 베란다에서 밤하늘을 바라봤다. 별들은 늘 말없이 반짝이고 있었다. 나는 실없는 일인 줄 알면서도 언제나 가장 푸른빛을 띤 별을 눈으로 찾아 헤매곤 했다.

그날 밤에도 나는 베란다에 나가 있었다. 아내는 이미 깊이 잠들어 있었다. 나는 밤하늘을 바라보면서 서늘한 밤공기를 깊게 들이마셨다. 크고 둥근 달이 모든 별들의 빛을 삼켜버렸는지 하늘은 막 세수라도 한 듯 푸르러서 구름 한 점 보이지 않았다. 나는 하늘을 바라보면서 그 장엄한 아름다움에 감탄했다.

그때 갑자기 휴대전화가 울렸다.

"이 밤에 누구지?"

나는 혼잣말로 중얼거리며 휴대전화를 꺼내 들었다.

"여보세요, 혹시 토니 씨인가요?"

"예, 맞습니다만."

"여기는 병원인데요, 지금 임종 전의 환자께서 토니 씨를 만나고 싶어 합니다."

나는 이게 무슨 소리인가 싶어 아무 말도 할 수 없었다. 전화기 저편에선 계속 말소리가 들려왔다.

"그 환자분은 가족이 없는 할머니인데, 당신을 꼭 한번 뵙고자 하십니다. 이 전화번호도 그분께서 가르쳐주셨어요."

무슨 영문인지 알 수는 없었지만 그 절박한 요구를 거절

할 순 없었다.

"우리도 실례인 줄 잘 알고 있습니다. 환자의 친인척도 아
닌 분한테 이런 한밤중에 전화를 드렸으니. 그렇지만 환자
분께서 너무 간곡히 말씀하셔서……."

나는 참지 못하고 정중하게 그의 말을 가로챘다.

"시간이 많지 않은 것 같군요. 제가 지금 바로 그쪽으로
출발하겠습니다."

나는 병원의 위치를 자세히 물어보고 급하게 병원으로
달려갔다. 달빛이 환해서 밤길은 꿈결인 듯 아름다웠다. 할
머니가 길 떠나는 날 한번 제대로 잘 고르셨다는 생각까지
했다.

의사가 가르쳐준 병동을 찾아가니 한 젊은 의사와 간호사
몇 명이 나를 병실로 데리고 들어갔다.

"토니도 이젠 많이 늙었군."

나는 목소리가 들려오는 쪽으로 고개를 돌렸다. 몹시 야
윈 할머니가 베개에 기댄 채 가느다란 목소리로 인사하고
있었다.

"안녕하세요, 안색이 좋으시네요."

말을 끝내자마자 나는 아주 어리석은 인사를 했다고 생각했다.

할머니는 웃음을 지을 뿐 내 말은 전혀 마음에 두지 않았다. 그리고는 피곤한 사람이 휴식을 취하듯 침대에 누워 아무 말이 없었다.

나는 가까이 다가가서 그녀의 얼굴을 자세히 보았다. 생각한 것처럼 그렇게 늙지는 않았다. 아마 젊었을 때는 굉장한 미인이었을 것 같았다.

조금 전, 병실에 들어오기 전 의사가 했던 말이 떠올랐다. 그녀는 열 시간 넘게 정신을 잃고 있다가 방금 깨어났는데 더 이상 가망이 없다고 했다. 심지어 병원에서는 마지막 응급 치료기마저 모두 거두어갔다. 마음이 무거워졌다. 나는 침대 곁에 앉아서 무슨 말을 건네야 할지 망설이고 있었다.

그녀도 어색한 침묵을 느꼈는지 얼굴에 미소를 지으며 나를 바라보았다.

"토니, 이 병실이 익숙하지 않나?"

"익숙해요. 아주 오래 전에 교통사고가 난 어린 여자아이를 이 병원으로 데리고 왔는데, 그때도 이 병실에 들었죠."

"그 여자아인 나중에 어떻게 되었나?"

그녀가 물었다.

"저도 잘 모르겠어요……."

나는 한숨을 쉬었다.

"밤늦게까지 병실을 지키고 있었죠. 그러다 잠깐 집엘 다녀왔더니 병실엔 아무도 없었어요. 그 아이가 제게 선물해 주었던 손수건을 침대 머리맡에 놓아두었었는데, 그 손수건마저 없어졌죠. 그런데 병원 사람들은 아무도 그 일에 대해서 모른다고 했어요."

그녀는 부드러운 표정으로 나를 바라보면서 말했다.

"매우 놀랐겠군."

나는 조금 망설이다가 대답했다.

"아뇨, 놀라지 않았어요. 조금도……."

그녀는 힘겹게 손을 뻗어 살며시 내 손을 잡았다.

"자넨 곤혹스러웠겠군. 안 그런가, 내 친구?"

"맞아요. 당황스러웠어요."

나는 그녀의 마르고 주름진 손을 잡아주었다. 그녀는 담담하게 웃으며 나를 바라보았다. 그녀의 생명은 꺼져가고

있었지만 눈동자만은 소녀처럼 티 없이 맑았다.

"토니, 그동안 그대가 무슨 일을 했는지 말해줄 수 있겠나?"

나는 머리를 끄덕이고 나서 지난 몇 년간의 일을 얘기하기 시작했다. 그녀는 처음부터 끝까지 오롯한 자세로 내 이야기에 집중했다.

"사람들이 자네의 천사 이야기를 좋아했나?"

그녀가 나에게 물었다.

"모두들 정말 좋아했어요."

내 대답을 들은 그녀는 한참이 지나서야 말을 이었다.

"고맙네, 토니······."

나는 어리둥절했다. 내가 그녀를 보러온 걸 고마워하는 게 아니라, 내가 다른 사람들에게 천사 이야기를 한 것에 감사해하는 것 같았다.

"자넨 자신이 무슨 일을 했는지 알고 있나?"

그녀가 물었다.

나는 어떻게 대답해야 할지 몰라서 우물쭈물했다.

그러자 그녀는 대신 대답해주었다.

"자넨 새로운 기적을 창조했네."

나는 그녀의 눈을 바라보았다. 긴 세월도 보석처럼 빛나는 그녀의 눈빛을 뒤덮지는 못했다. 온몸이 떨리면서 심장 박동이 빨라지고 호흡도 급박해졌다.

나는 그녀의 손을 꼭 부여잡았다. 나는 자꾸만 두서없는 말을 내뱉고 있었다.

"그럼, 할머니가……할머니가 바로…….."

그녀는 눈빛으로 자기가 바로 그 소녀였음을 시인했다. 도저히 믿을 수 없었다. 나는 말을 더듬으면서 다시 물었다.

"할머니가, 할머니가 정말…….."

그녀가 조용히 말했다.

"내가 바로 자네가 찾던 그 존재라네."

나는 얼빠진 사람처럼 머릿속이 텅 비어버렸다. 과연 이것이 기쁜 일인지 슬픈 일인지 알 수 없었다.

"내가 왜 자네를 보자고 했는지 아나? 자네가 직접 창조한 기적을 자네가 눈으로 확인하길 바랐기 때문이네."

그녀는 살며시 내 손을 잡아주었다.

"하지만 곧 떠나실 거잖아요."

이를 앙다물어도 눈물이 멈추질 않았다.

"아닐세, 친구. 만약 그렇다면, 그걸 어떻게 기적이라고 말할 수 있겠나?"

그녀는 나를 위로해주었다.

"날 위해 커튼을 좀 걷어주겠나?"

나는 얼른 일어나서 커튼을 열다가 선 채로 굳어버렸다. 여태껏 보지 못했던 야경이 눈앞에 펼쳐졌다. 달은 사라졌지만 밤의 빛깔은 아주 맑았다. 밤하늘은 티끌 하나 없이 깨끗해서 푸른 유리잔 같았다. 별을 흩뿌린 듯한 은하수는 하늘 깊은 곳에서부터 내 머리 가까이까지 펼쳐졌다. 바람마저 잦아들어 세상은 적막했다. 그 적요함 가운데 은은한 음악소리가 들리는 듯했다. 하늘과 땅이 한 마음으로 숨죽인채 무언가를 기다리는 것만 같았다.

"이게 바로 그대가 창조한 기적이네, 친구여. 저기 별들을 보게나. 신들의 왕께서 오늘밤 신들을 이끌고 나를 만나러 온 것이라네. 나는 다시 영생을 얻었네. 이 모든 것은 자네가 내가 자부할 만한 일들을 많이 해주었기 때문이야. 이 늦은 밤에 불러서 미안하네. 이 순간을 우리 둘이 함께 나눠야 한다고 생각해서 그랬네."

그녀의 부드러운 눈빛은 사랑으로 가득 차 있었다.

기쁨과 놀라움과 슬픔이 교차하면서 나는 마치 아이처럼 울다가 웃었다.

그녀는 옆에 앉으라고 했다. 나는 그녀의 손을 꼭 쥐었다. 그 순간 창밖에서 맑고 향기로운 바람이 불어왔다. 푸른 하늘이 창문을 슬멋슬멋 넘어와 병실 안을 옅은 푸른색으로 물들였다. 나는 그녀가 사라지기라도 할까봐 그녀의 손을 더욱 세게 붙잡았다.

그녀는 나의 손을 놓은 채 조용히 떠났다. 내 손에 남겨진 손수건은 그녀가 영원한 생명을 얻었다는 증표였다.

집에 도착했다. 우편함에 편지가 한 통 와 있었다. 난 그 것을 두 손으로 받쳐 들고 집안으로 들어와 한참을 거실 소파에 앉아 있었다. 참으려고 하면 할수록 자꾸만 더 눈물이 났다. 겨우 조심스럽게 봉투를 뜯어 편지를 읽기 시작했다.

내 친구 토니

눈물을 닦아요. 이것이 완전한 이별은 아닙니다. 우리는 가장 아름다운 날들을 함께 보냈으니, 그날들을 잊지 말고 영원히 간직하세요.

슬퍼하지도 말아요. 당신을 만나 마음의 힘을 눈으로 확인한 것만으로도 난 지금 더 행복할 수 없을 만큼 행복합니다. 내겐 당신의 마음이 바로 영생의 선물이었습니다.

잊지 말아요. 언제나 넘치는 사랑 안에 내가 머물고 있다는 사실을. 당신과 내가 함께 살고 있다는 사실을.

이제 눈물을 닦아요. 영원토록 당신 마음에 내가, 내 마음에 당신이 있으니 이젠 내게 미소를 보여주세요.

나는 창문 앞으로 다가갔다.

바람은 천연덕스럽게 불다가 무심하게도 나뭇잎을 우수수 떨어뜨렸고, 온종일 허공을 맴돌던 별들은 푸른 밤하늘에 곱게 잠들어 있었다.

나는 하늘을 향해 미소를 지었다.